廣嶋玲子・作　Minoru・繪

林宜和・譯

步步出版

人物
久藏
太鼓長屋房東的兒子
千彌
住在太鼓長屋
的青年按摩師
玉雪
兔子妖怪
彌助
千彌養育的孩子

登場
月夜王公
妖怪奉行所
東方地宮的所長
飛黑
烏天狗妖怪
津弓
月夜王公的甥兒
王蜜公主
妖貓族的公主
初音
華蛇族的公主

白嵐
大自然之氣
孕育而生的妖怪
安天
西方山寺
的男孩
雪福
貓頭鷹妖怪
梅吉
梅子小妖怪

其他人物

姑獲鳥 守護妖怪子女的保母妖怪

狐狸婆婆鈴白 月夜王公的奶娘

目次

妖怪托顧所

3

【妖怪們的春夏秋冬】

櫻花林中情意綿綿

1

這裡是江戶[1]的平民住宅區，簡樸的長屋[2]沿街一直排過去。唉呀！你看東邊有夫妻在大聲吵架，西邊有小孩不小心掉進茅坑。在這裡，喧嘩擾攘是家常便飯，沒有一天不熱鬧。

在長屋一角，住著一個叫彌助的少年。彌助只有一個家人，就是撫養他長大的盲眼按摩師千彌。

其實，千彌並不是人類。他從前叫做白嵐，曾經是妖怪界呼風喚雨的大人物，卻因故被流放到人間。

不過，彌助只是個普通小孩。他被千彌養大，卻不知道千彌的來歷。直到去年秋天，彌助才陰錯陽差認識許多妖怪。他現在是妖怪托顧所的主人，每天晚上，都有妖怪來託彌助照看小孩。

剛開始，彌助很不情願接下托兒工作，但是日子久了，他變成妖怪們信賴的對象，許多妖怪甚至把他當朋友，有事沒事會來找他聊天。

那天晚上，一個叫做雪福的貓頭鷹妖怪上門了。他的身體比彌助還大，羽毛像雪一樣白，雖然有一對挺嚇人的紅色大眼睛，卻是個好脾氣的妖怪。

雪福和彌助閒聊之中，談到賞櫻的事。彌助說：「今年的櫻花季，我沒有去賞花。」

雪福一聽，驚訝得脖子轉了三百六十度，大聲道：「那可不行！」

「沒有看到櫻花，就像沒有度過春天。你一定要去賞櫻啊！」雪福說。

「你可是白天睡糊塗了？五月都已經過了，櫻花也早就落光啦！」彌助笑道。

「沒關係，你不知道妖貓公主的庭園，一年到頭都有櫻花盛開嗎？我們只要向她借地方就可以賞花了。借一個晚上，她應該會答應吧！妖貓公主雖然我行我素有點教人害怕，個性倒是挺大方的。我這就去準備，請你等一下喲！既然要賞櫻花，就該多叫些夥伴來湊熱鬧。大家都會準備美食來參加喔！」雪福愈說愈興奮。

「那樣……好像很費事啊？」彌助有些遲疑。

「就是要盛大舉辦呀！上次妖怪小孩失蹤的事件，幸虧有彌助偵查破案，才救了大家的命。要不是你找到人偶師和骸蛾的藏身之處，小妖怪們絕對無法回到父母身邊。」雪福感慨的說。

彌助聽他這麼說，臉色卻暗了下來。

不久之前，妖怪的孩子紛紛被誘拐失蹤，即使是妖怪奉行所[3]也束手無策。他們盡力搜索，卻找不到孩子們的蹤影，也不知道誘拐小妖怪的犯人究竟是誰。

後來，在一連串機緣巧合之下，彌助機警的追蹤到犯人的所在地，從而將事件解決，小妖怪才能都平安回到父母身邊。

但是這個事件中並非沒有犧牲。彌助認識的一個人類少女阿秋就因此喪命，由於沒能救回阿秋，彌助至今還是非常內疚。

這時候，在一旁聽他們說話的千彌，察覺到彌助的心情，立刻高聲說：

「雪福，你不要再提了！那件事想起來就令人不愉快啊！」

「唉呀，眞抱歉！總之大家都很感謝彌助，只是不

知道該如何表達。就請你給我們這個機會，讓大家報答一下吧？」雪福熱心的說。

結果，彌助拗不過雪福的盛意，便答應和妖怪們一起去賞櫻了。

雪福回去以後，彌助搖頭笑道：「妖怪們好像都很喜歡賞花呢……千哥，你也跟我一起去吧？」

「當然啦！要去那妖貓住的地方，我怎麼能不跟去呢？她的行動可是無法預測，萬一幹出什麼事傷到彌助，我可不會對她手下留情！」千彌一副氣勢洶洶的樣子，教彌助不禁打個冷顫。

日子忽忽過去，轉眼間賞櫻的那一天就到了！

彌助心情忐忑，一直往屋外看。終於，太陽快下山了。

「千哥，我們該出門了吧？遲到不好意思，趕快出發吧！」彌助一邊催促千彌，一邊將好大的布包扛到肩膀上。布包裡是一個四方形木盒，塞滿他從一大早就努力做的豆皮壽司，重得不得了。

彌助心想，他花功夫煮的甜醬油豆皮，包進味道清爽的醋飯，不是自誇，的確很好吃，相信會大受妖怪們歡迎。

只見千彌站起來，苦笑著說：「知道了，這就去吧！」

「好！」彌助高興的點頭，和千彌緩緩走上夕陽下的街道。

太鼓長屋房東的兒子久藏，輕飄飄的從小酒店晃出來，他從白天就開始喝酒，已經喝得暈陶陶了。一向遊手好閒的他，心想反正沒事，再到哪兒玩玩吧！

就在這時，他看見街道那頭出現兩個身影。咦，那不是太鼓長屋的房客千彌，和他的養兒彌助嗎？他們一定是想去哪裡，事有蹊蹺！

久藏開始狐疑。因爲這兩個人在這時間出門，本來就不尋常，再加上彌助又是一副興沖沖的表情，肩上還背著一個好大的四方形布包，一定是要去什麼有趣的地方吧！

好，那我就跟蹤他們！久藏生出好奇心，悄悄跟在兩人後面。

不久，來到一處沒有人跡的河邊，久藏不禁有點害怕。他們該不是要去呼鬼橋吧？

原來在那前方，有一座俗稱「呼鬼橋」的小橋。到了夜裡，據說人類的魂魄和鬼火會在此飛舞，是個恐怖又不祥的地方。

眼見彌助和千彌腳步不停，直直往呼鬼橋走去，久藏心裡開始緊張起來。

糟糕！要是眞有鬼跑出來，該怎麼辦呢？萬一出什麼事，盲眼的千彌和年少的彌助可是束手無策……算了，就跟過去吧！

他忍住不驚動兩人，悄悄跟上去。只見他們並沒有過呼鬼橋，卻往橋墩走下去。

呼鬼橋下，比人還高的蘆葦茂密叢生，彌助和千彌轉眼間就像被蘆葦吞噬一般，消失在草叢深處。

唉呀，跟丟可不得了！久藏一著急，便連滾帶跑滑下河床斜坡，直往蘆葦叢裡衝去。

「喂！千……」他還沒叫完，就倏然失聲。只見眼前的蘆葦，瞬間全部消失。

昏黃的夜色中，久藏孤零零的站在一處陌生的深山裡。

1 江戶：江戶時代的東京舊稱。

2 長屋：每戶獨立但是外牆相連，平行成列的傳統日本住宅。

3 奉行所：江戶時代掌管行政和司法的官府，擁有很大的權力。

2

「哇，好厲害！」彌助忍不住叫出來。

他們一穿過橋下草叢，眼前忽然出現茂密的森林，回頭望去，也還是一樣的森林，蘆葦和小橋全都不見了。

這時，頭上傳來聲音：「歡迎光臨！」

彌助還來不及抬頭，就被抓住身體提了起來，雙腳離地，愈升愈高。

他慌忙往上看，只見雪福在振翅飛翔。他高興的喊：「雪福！」

「彌助，你來得正好！今晚月色很美，是觀賞夜櫻最棒的時機。」

雪福一邊拍動翅膀，一邊愉快的說。他用腳爪拎著彌助，自在的飛過天空，千彌也被另一隻妖怪貓頭鷹帶著，飛在他們旁邊。

銀白的月光下，小小的山脈層層相疊，有的是淺紅色，有的是淡珍珠色，每座山頭都被月光暈染，發出像螢火蟲般的光澤。

彌助倒吸一口氣，驚嘆道：「那些都是……櫻花嗎？」

「是的！這裡就是妖貓公主得意的櫻花庭園。」雪福說。

「庭園？這麼大還叫做庭園？」彌助簡直不敢相信。

「哈哈哈！這不算什麼，你別大驚小怪了。妖貓公主是權力很大的大妖怪，她要創造一個讓自己滿意的世界，可是再簡單不過呀！」

雪福笑道。

「我們來這裡賞櫻，有得到妖貓公主的許可吧？」彌助不禁擔心。

「當然，妖貓公主很爽快的把庭園借給我們。她說我們可以盡情玩樂，不用擔心。所以，請你也放心玩吧！」雪福用力振翅，飛向更明亮的山頭。

彌助享受著吹拂全身的夜風，忽然又生出疑問：「對了！你不是說在呼鬼橋下會合？我們依約到那裡，可是怎麼瞬間就變成這個世界了呢？那是什麼魔法呀？」

「不是什麼大不了的魔法啦，因爲那座橋四周剛好很適合連結妖怪界，只要在那裡開一道門，我們就可以隨時出入人間。」雪福答道。

「可是……我沒看見門啊！」彌助說。

「我們做的門很隱密，人類看不見。因爲一開一關很麻煩，所以直到送你們回去之前，就讓門一直開著。反正那裡也沒有人類敢去，更不用說爬到橋底下了！」雪福說。

只是，雪福萬萬沒想到，當他們把彌助和千彌載走之後，久藏竟然也越界闖進來了……。

「奇怪，這是怎麼回事？」久藏一邊嘮叨，一邊左看右瞧。只見眼前全是鬱鬱蔥蔥的林木，卻沒有千彌和彌助的蹤影，令他不知所措。

「這到底是哪裡啊？」久藏定睛一看，發現那些樹全是櫻花樹，而且每一株都盛開得繽紛燦爛，發出淡淡光芒，把夜裡照得通明。

這些發光的櫻花，在已過花季的時節盛開，實在不可思議。久藏不知道自己是在作夢，還是被狐仙迷了心竅。總之，他迷路了！

不過，久藏倒是不恐慌。大概是周圍的景色實在太美了，令他忘了害怕。

「管他是不是夢，能看見這麼美麗的風景，也算我走運。只是一個人太孤單了……要賞花也得有伴啊！我現在大概是被狐仙施了法術，那麼等會兒牠的化身應該會出現？如果狐仙化成美女，哭著說她迷路了，我就裝作上鉤，跟她交際一下，一定很有趣……」久藏開始胡思亂想。

這時，他耳邊忽然傳來細細的聲音：「那邊的，你過來！」

久藏很高興，立刻朝聲音的方向走去。只見一棵大櫻花樹底下，有一個小小的人影蹲在地上。

那個人穿著淺綠色的和服，看起來是個年輕少女，可是看不見她的容貌，因爲她正趴在櫻花樹根上，抽抽搭搭的哭泣。

久藏有點緊張，問道：「姑娘，妳怎麼了？爲什麼哭啊？」

少女聽了，抬起頭來，溼潤的雙眼盯著久藏，張開小口說：「我不小心迷路了！」她的聲音像銀鈴一般清脆。

久藏不禁搖頭苦笑：「我早料到會是這句臺詞。這個……未免太沒創意了吧！」

「你說什麼？」少女問道。

「呃，如果妳不介意，我也沒關係喔！畢竟妳比我想像的可愛多了！」久藏說的是眞心話，那少女簡直美得不像眞的。

她有著雪白滑潤的肌膚，微帶藍色的大眼睛，直挺挺的鼻子和櫻桃般紅潤的嘴唇。久藏一瞬間幾乎要動心了。

不過少女看上去只有八、九歲年紀，再怎麼美麗，也不能追求她呀！久藏有點悔恨的說：「妳不能再大一點嗎？只要多長十歲就行了！」

沒想到聽了久藏這番魯莽的話，少女竟不生氣，反而悲傷的搖頭：「不行，我還長不大呀！」

「是嗎？那就沒辦法啦！」久藏想，至少還有人可以說話，就笑著對她說：「抱歉，還沒自我介紹。妳好！我叫久藏。妳呢？小姐叫什麼名字？」

久藏輕佻的口氣，令少女驚訝的睜大眼睛。但她大概也放鬆一點了，小聲回答：「我叫做初音。」

3

妖貓公主的庭園，即將舉辦盛大的賞花宴。就在幾天前，華蛇族的初音公主接到這個消息。

初音當然想去，她最喜歡熱鬧，跟妖貓公主也有一陣子沒見了，加上最近她心情不太好，參加宴會正可以解悶。

但是，當她聽說賞花宴是為人類的孩子舉辦，心中便升起不好的預感。她小心翼翼的向報信的夜鴉墨子打聽：「那個……人類的孩子究竟是誰啊？」

「是一個幫姑獲鳥托兒的人類孩子，叫做彌助，還挺能幹喔！上次不是有許多妖怪小孩被誘拐嗎？聽說是他找到破案線索的。這次妖怪聯合舉辦賞花宴，就是爲了報答他。」墨子說。

但這並不是初音眞正想知道的。她又問：「那……被邀請赴宴的，只有那個叫彌助的孩子嗎？」

墨子聽了有點驚訝，笑著說：「原來如此，公主的耳朵很靈啊！當然，有一位高人也要來，就是白嵐。」

唉呀！初音在心中哀叫起來。

白嵐，現在叫做千彌，雖然他已經失去法力，從前卻是個著名的大妖怪。兩個月前，初音耳聞白嵐長相俊美，特地前去拜訪，期待能跟他談一場戀愛。

然而，白嵐不但冷酷的拒絕初音，還毫不留情的罵了她一頓。

初音生平第一次這樣被罵，受到無比的傷害，哭著逃回宮殿。在那之後，她從早到晚哭個不停，直到最近幾天，才勉強恢復心情。

一想起要再見到白嵐，她的心裡就像被挖空似的難過。但是，她又想去參加賞花宴，該怎麼辦呢？

爲了這件事，初音一直悶悶不樂。直到宴會當天，她獨自出了宮殿，心煩意亂之際，一不小心就迷路了！不知如何是好的她，只能嚶嚶哭了起來。

就在那時，她聽到有人問：「姑娘，妳怎麼了？爲什麼哭啊？」

初音抬起頭，眼前是一個年輕男子。她嚇了一跳，盯著這個對自己說話的人類。

那個男子穿著藍色和棗紅色相間的條紋和服，束著一條高級腰帶，看起來挺時尚。他的腰間大概藏著香囊，散發出一種淡淡的馨香。

男子的相貌不錯，但是還稱不上俊美，不符合初音的理想。不過，他的聲音很開朗，令初音欣賞。

總之，因爲有人陪伴，初音的心情稍稍放鬆，就不哭了。

兩人互報名字之後，久藏就劈哩啪啦的打開話匣子：「我是追著兩個認識的朋友，才跑進這陌生的地方。這都是初音小妹施的魔法嗎？妳讓我看見這麼美麗的景色，實在很感激啊！」

「不是我喲！這裡也不是什麼魔幻世界。這裡是常夜櫻花森林，由王蜜公主親自打造的。」

說。

「王蜜公主是誰啊？」久藏好奇的問。

「是妖貓族的公主。她長得非常美麗，也是我的好朋友。」初音說。

「哇，既然初音小妹說她美，那麼絕對是個大美人公主了！我也想見一面哪！」久藏嘻皮笑臉道。

初音見狀，卻嘟起小嘴說：「你可別大意，王蜜公主最喜歡蒐集人的魂魄。你要是被她看上了，靈魂可會被抽去喔！」

「哇，那可不行！對了，那妖貓公主喜歡什麼樣的魂魄呢？總不會每個人的都要吧？」

「王蜜公主現在喜歡蒐集壞人的魂魄。」初音答道。

「也就是說她的獵物只有壞人了？這下安了！我的魂魄不會被她

看上的。世界上少有像我這麼心地光明的男子啊！」久藏得意洋洋的說，初音不禁噗哧一笑：「你這人真有趣！」

「哇，妳終於笑了！初音小妹笑起來原來這麼可愛呀！」久藏笑說。

「我……可愛嗎？」初音遲疑的問。

「嗯，可愛！我剛見到妳的時候，還以爲妳是櫻花仙子呢！不過，這一套淺綠色和服雖然好看，但妳可能適合穿更淺一點的顏色。像是天剛亮時的雲彩那樣的淺桃色，配上細細的格子紋，應該很不錯喲！」

「那樣……適合我嗎？」初音說。

「我的眼光絕對不會錯。下次一起去和服店，我幫妳挑選。」久藏爽快的說。

忽然間，初音的腦中浮現自己和這個男人一起走在街上的光景。應該會挺有趣，不，一定很有趣！可是，那是絕對不可能的。自己貴為華蛇族公主，怎麼可以跟人類走在一塊兒呢？

雖然這麼想，初音還是陪笑回應：「是啊，如果能一起去就好了。」

另一方面，久藏見初音心情轉好，才安下了心。

「那麼……差不多該決定接下來怎麼辦了！初音小妹想去哪裡呢？」

「賞櫻呀！」初音毫不遲疑的說。

「這附近有開賞花宴嗎？」久藏問。

「有啊，聽說最美麗的櫻花就在山頂上。」初音又說。

「了解！那我這就帶妳去。不過到了那裡，請妳向朋友說，也讓我參加好嗎？」久藏立即接口。

「好吧……不過你知道怎麼去嗎？」初音懷疑道。

「包在我身上！我對食物和酒的味道可是最靈通的。」久藏牽起初音的手，走進櫻花林裡。

走著走著，初音忽然體會到一種奇特的感受。久藏的手很大，也很溫暖。她的小手被大手包著，感覺非常安心。

「久藏的手，好大啊！」她忍不住說道。

「咦，有嗎？」久藏笑道。

「嗯，比我父親的手還大。不過，我從來沒有和父親牽過手。」

初音又說。

「沒有和妳爹牽過手？那麼……是妳爹太早過世了？」久藏問。

「不，我父親健在。」初音說。

「咦？那他爲什麼不牽妳的手呢？」

「那是因爲……他和我母親感情不好，就不想跟我在一起。我母親也不喜歡我待在身邊，所以我和弟弟都是奶娘帶大的。」初音頓了一下才答道。

其實，初音並不覺得自己不幸。在華蛇族當中，夫妻感情不好的比比皆是，她也一直以爲這是理所當然。

但是久藏聽了，卻搔著頭道：「說這話也許不應該，不過妳爹娘可眞奇怪。這麼可愛的女兒，怎麼捨得放著不理不睬呢？我要是初音小妹的父親，一定不讓妳離開身邊，甚至不讓妳嫁人！」久藏氣憤的比手畫腳，初音卻看得瞪圓眼睛。她沒想到才第一次見面的男人，竟然設身處地爲自己抱不平。

初音彷彿聽到心中「叮」的一聲，好像被什麼叮了一下。

「呃！」她壓住胸口，久藏見了大吃一驚：「妳、妳怎麼啦？」

「我、我好像胸口有點疼……」初音支吾道。

「妳的臉很紅呢！是不是發燒了？這可糟了……這樣吧，我們還是先去賞花宴，那裡說不定會有醫生。」久藏說完，就背起初音，急急往前走。

初音趴在久藏背上，感到既溫暖又舒服。父親的背，是不是就像這樣呢？她幻想著。

初音想不起父親的背應該是什麼樣子。她的父母各自住在別的宮殿，對孩子們漠不關心。所以，初音從小沒有被母親吻過臉，也不曾被父親抱過。偶爾見到父母，卻總是被他們說教：「怎麼還是個小孩模樣？得趕快談戀愛才能長大呀！」

她想早點達成父母的期望，所以才急著找對象。像這樣被父母的期待壓迫，該有多麼抑鬱啊！

只是，當初音好不容易遇見理想的對象白嵐，卻被他無情的責罵掏空心坎。當時白嵐尖銳的言詞，到現在還像一把利刃刺在初音胸口：

「配不配是什麼話呀？妳說話也太沒分寸。妳只想找人談戀愛，可有沒有想過我的感覺？妳光是為自己著想，這種沒有內涵的戀愛觀只會令我作嘔！」

初音只要想起當時的情景，就忍不住要掉眼淚。但是，她怎麼都想不通，自己究竟哪裡做得不對。為什麼她得遭受白嵐這般責罵呢？

聽到初音的嘆息，久藏又問：「怎麼啦？這會兒變成嘆氣，又是哪裡不舒服了？」

「沒什麼……只是，想起前些日子被說過很不堪的話。」初音嘆道。

「喝！竟然有人敢欺負可愛的初音小妹？我要是也在現場，一定把那傢伙打扁！可是，妳爲什麼會被說那種話呢？」久藏大聲說。

「我……以爲可以跟那個人談戀愛。」初音遲疑的說。

「戀愛？對妳來說還太早了吧？」久藏大吃一驚。

「不對喲，是太晚了！我弟弟東雲都比我還早戀愛呢！我……太不爭氣了！我們這一族，可是要戀愛才能生存的。」初音說。

「呃……這我不是很懂啦，不過妳的想法好像哪裡有問題……所以說，妳是被想談戀愛的對象罵了嗎？」久藏問。

「是啊！」初音將她和白嵐見面的經過，都告訴久藏。最後，她強忍眼淚道：「可是我眞的不懂啊！爲什麼他對我說這麼無情的話？我有先向他請求交往啊！久藏，你知道爲什麼嗎？爲什麼他要生我的氣呢？」

久藏沉默了一會兒，才嘆口氣說：「抱歉！初音小妹，換成是我也會生氣喔！」

初音沒想到久藏會這麼說，身體不禁僵硬起來：「爲、爲什麼？」

「這個嘛，妳所謂的不懂，正是問題所在。妳想談戀愛，這個我了解，不過，那只是妳單方面的願望。如果妳不能爲對方著想，可就談不成戀愛喔！」久藏努力解釋。

「所、所以，我有向他說……我會把他變成我想要的丈夫，我會幫他改造成理想的樣子啊！」初音還是不明白。

「妳用這種方法，就像用餌釣魚上鉤，不太好喔！如果是個有教養的男人，聽了這種話一定會不高興。妳爲什麼看上那個人呢？妳很了解他嗎？」久藏問。

「不，我是第一次見到他。他長得很好看，是王蜜公主告訴我的。」初音答道。

「也就是說，妳看上的是他的長相了？原來如此，初音小妹畢竟還小。不是我說妳，而是妳眞的還沒有成熟到可以談戀愛的程度啦！」久藏斷言道。

初音聽了，心裡很不服氣。爲什麼她得被平凡的人類教訓啊？她忍不住反問：「那久藏你有在談戀愛嗎？」

「有啊！我談過很多次戀愛，我最喜歡女人了！每個女人都有她可愛的地方……可是，我還沒找到眞正想廝守終身的對象。」

聽到這話，初音不禁同情起他來：「眞可憐！久藏的身邊一定是沒有漂亮的女人。」

「爲什麼？這是什麼意思？」久藏不明白。

「久藏找不到長得夠漂亮，想在一起一輩子的女人吧！」初音果斷說道。

「這個嘛……」久藏簡直呆了：「初音小妹，妳要記住一件事。如果想談戀愛，不是先看外表，而是要對那個人的內在感興趣。他是什麼個性？他喜歡什麼？他跟自己有哪裡合得來？妳必須先知道這些事呀！」

「那……即使不是很漂亮的女人，你也願意娶她嗎？」初音懷疑道。

「只要那個人有我非常欣賞的個性，就算她長得不怎麼樣，我也完全不在乎喲！」久藏肯定的說。

這回換初音驚呆了！她簡直受到強烈衝擊。眼前這個男人告訴她，就算是長得不漂亮的女人，他也樂意娶她爲妻。人類眞是奇怪的種族！難道，華蛇族以外的族類也都這麼想嗎？她從小被奶娘和族人教導，長得愈美麗，身價才愈高啊！

初音覺得從小信奉的眞理開始動搖了，她不禁想進一步認識這個不可思議的男人。

她趴在久藏背上，感受著久藏的心跳。胸口又開始發悶。

下一刻……彷彿颳起一陣熱風般，一切就這麼發生了！

4

久藏感覺背上的初音突然往後彈了出去。

「哇！等等……！」他嚇一大跳，以爲自己把初音掉到地上，臉都青了！

他急忙回頭，只見身後的樹蔭下，閃過淺綠色的衣襬一角，瞬間就消失了。

久藏不明就裡，只好追上去。

「喂——！初音小妹，妳去哪兒啦？」彷彿在回應他的呼喚似的，遠處傳來一種噴水的聲音。

久藏循著水聲過去，發現一口小小的泉水。泉水前面，有一套淺綠色的和服掉在地上。

「初音小妹！」久藏心想，初音總不會脫了衣服到處晃蕩吧？他撿起地上的和服，四處張望。這時，突然看見泉水正浮起小小的漣漪。

漣漪不斷擴大，接著，泉水中央忽然衝出一股水柱，水柱之中，出現一個十七、八歲的少女。她的姿態非常莊嚴神聖，溼漉漉的長髮彷彿絲綢般，披覆在雪白的身體上。

眼前這個少女，美得不像眞的。

簡直就是櫻花仙子……久藏吃驚得差點發不出聲：「妳是初

音……小妹……？」

聽到久藏呼喚，少女回過頭來。她流下珍珠般的眼淚，大聲喊道：

「你不要看！」

伴隨著猛烈飛濺的水花，少女跳出泉水，瞬間就消失在久藏眼前。

初音哭著飛奔過櫻花森林，眼淚不停的流。

剛才她在久藏背上，忽然生出異樣的感覺。身體像火一般灼熱，皮膚好像要燒起來，她只好立刻跳開，尋找有水的地方。

她拼命往前跑，幸好很快便發現一口泉水，馬上脫下衣服跳進去。

在冰冷的泉水中，初音感到身體被解放了。

啊……好舒暢啊！

直到全身不再火燙，她便打算從泉水中爬上來。

但是，沒想到久藏也來了！只見他目不轉睛的盯著自己，一臉驚訝。

人類都怕妖怪。

腦海裡突然響起曾經聽過的話。

要被久藏拋棄了！初音心中頓時湧起一股悲傷，於是她大叫：「你不要看！」

除了逃走，沒有別的辦法。

「哇——！」初音跑著跑著，額頭忽然傳來劇痛，原來撞上了一根櫻花樹枝。她這才發現自己變高了，低頭一看，身體也已經是婀娜多姿的大人模樣了！

華蛇族必須戀愛，才會長大，這就是初音的宿命。

「難道……我愛上久藏了？」初音不禁又掉下眼淚。

她好不容易變成一心期待的大人模樣，但是，久藏卻不在身邊。以後也不能和久藏在一起，因爲自己是妖怪，對方是人類……。

初音絕望得蹲在地上，痛哭起來。

不知過了多久，忽然有個甜美的聲音，從上頭傳下來：「唉呀！初音公主，原來妳在這裡啊！」

初音抬起頭，眼前是一個美麗得驚人的少女。她純白的頭髮直直披洩下來，像貓一般的眼睛閃著金色光芒，嘴唇如瑪瑙般鮮紅。一襲深紅色底的和服上，鑲繡無數金黃色和翡翠色的蝴蝶。

那是櫻花森林的主人妖貓公主王蜜。她對初音笑道：「妳終於變成大人了，眞是美麗啊！不過，這樣光著身子可不太好呢……」說完，王蜜公主手指一彈，四周飄舞的櫻花瓣就聚集起來，變成一套粉紅色的和服。她讓初音穿上和服後，才眨著大眼睛問：「那麼，妳戀愛的對象是誰啊？給我介紹一下。」

「嗚嗚……」初音又哭起來。

「咦？」

「嗚嗚、哇哇……！」初音放聲大哭，衝上去抱住王蜜公主。

王蜜公主輕輕拍撫哭泣的初音，一邊聽她慢慢道出事情原委。聽完後，王蜜公主嘖了一聲說：「今晚我邀請的人類，只有妖怪托顧所的彌助一名。那些懶惰的妖怪一定是嫌麻煩，沒把出入口關上。也罷！只好算了……只是，妳打算怎麼辦呢？」

王蜜公主直直盯著初音，金黃色的眼睛閃閃發光：「今後妳怎麼做，可是會決定自己的命運喔！妳打算放棄那個男人嗎？」

初音立刻搖頭：「不、不……我不想這樣就放棄！」

「妳不怕嗎？對方可是人類，他要是知道妳的來歷，說不定會咒罵妳，或是嚇得尖叫逃跑喔！」王蜜公主正色說。

「我害怕呀！」初音眨著溼潤的大眼睛，點頭說：「我是很害怕。可是……我不想這樣就結束。我還想……好好的跟久藏說說話。」

王蜜公主聽了，臉上浮出微笑，原本嚴厲的眼神，也變得溫和起來：「我本來想，要是妳光會哭，我就不幫妳了！既然妳已經下定決心，那麼我就助妳一臂之力，交給我吧！」

「可是……人類的心思是無法扭轉的。妳也知道我們法力的限度啊！」初音遲疑的說。

「我當然知道。我只是幫妳設計跟那個人再見的機會。妳得把握這個機會，自己表現喔！」王蜜公主一邊說，一邊用衣袖輕輕抹去初音的眼淚。

5

久藏這幾天生了病，從早到晚都躺在床上。

聽到這消息，彌助驚訝得嘴都合不攏：「躺著不下床？他應該只是宿醉，不太可能是感冒吧？」

「不，他是眞的不舒服，從昨天就什麼都沒吃啊！」傳話的人說。

「這……久藏的確是從那天晚上開始變得怪怪的。」彌助說的，就是賞櫻宴的那一天。

「櫻花實在太美了！」彌助回想起那一夜，不禁再次讚嘆。

他們去的那個山頂，只有一株巨大無比的櫻花樹。據說那株樹的樹齡超過千年，無數枝椏向四方延伸，把整個山頂都蓋住了。每一根枝椏上頭，都密密實實開滿了粉珍珠色的櫻花。

就在那株燦爛的櫻花樹底下，鋪了一面好大的紅氈，妖怪們成群坐在上頭，打開各自帶來的大便當盒，並排在一起。

「哇，主角到了！彌助少爺，請這邊坐！」

「請先嘗嘗我炸的天婦羅。」

「不，請先吃我做的蒸魚板。」

「想換換口味，就來吃吃看這個醃梅子吧？」

妖怪們爭相請彌助吃東西，每一樣都好吃極了，彌助覺得好幸福。

就在他吃飽喝足，也盡情欣賞了美麗的櫻花之際，忽然，吵雜的氣氛變了，只見一個少女緩緩從天而降。

看到忽然出現的王蜜公主，所有妖怪都閉上嘴，不敢吭聲。彌助盯著眼前美麗的公主，看得呆了。

王蜜公主綻開笑容，道：「彌助，抱歉打擾你們賞花。我只是想問一下，你認識這個人嗎？」

公主說著，手指一彈，一個男人便滾到彌助跟前。彌助一看，忍不住大叫：「哇，久藏！你、你、怎、怎麼在這裡？」

「你們果然認識。他一定是悄悄跟在你們後頭，溜進這片櫻花森林的。都要怪那些傢伙，沒把出入口關上，才招來麻煩！」王蜜公主眼角一瞥，目光往旁邊的妖怪射去，嚇得妖怪們一齊縮起脖子。

另一邊，久藏卻睡得不省人事。彌助看了不禁一肚子火：「喂，你怎麼這麼不客氣？快起來呀！」

他正想用腳踢久藏，卻被王蜜公主制止：「不行！他是被我施了法術才睡不醒的。若不這麼做，他現在還在森林裡亂跑呢！」

「在森林裡亂跑？」彌助很驚訝。

「是啊！他拼命跑，腳都快跑斷了，可真令人同情啊！」王蜜公主說著，表情卻很愉快。

一旁的千彌聽了，皺起眉頭說：「妳又在想什麼花招嗎？」

「是啊！不過這回跟你無關啦。」王蜜公主答道。

「這個叫久藏的，可是我認識的人。妳不要隨便整他喔！」千彌正色道。

「當然不會啦！總之，這個人就交給你們。你們讓他繼續睡，要回去的時候，再把他一起帶走吧。彌助，那麼我先走一步，打擾了！」

妖貓公主說完，一眨眼就消失了，空氣中只留下甜蜜的香味。

公主一走，大家都鬆一口氣。

「唉呀，她好美啊，妖氣又好強大……」

「在公主面前，櫻花都要遜色了！」

「唉，我太緊張了，本來快醉了又被嚇醒，從頭開始喝吧！」

「呵呵，也給我斟一杯！」

「我也要！」

大家七嘴八舌，恢復了熱鬧的氣氛。接下來整場宴會，久藏眼皮都沒睜開一下，直到最後，他才被妖怪貓頭鷹抓著，和彌助一行飛回呼鬼橋。

「那麼我告辭了！」雪福說。

「雪福，今晚太感謝你們了！玩得好高興啊！」彌助意猶未盡的說。

「哈哈，聽你這麼說，我們比什麼都高興啊！」雪福笑著道別。

妖怪離開後，彌助和千彌望著躺在地上熟睡的久藏。

「這傢伙……我們得把他抬回家嗎？」彌助覺得困擾。

「不，那妖貓的法術也快解了！」千彌卻說。

這時，久藏忽然彈起來，一把抱住彌助，大叫：「不哭，妳不要哭啊！」

「喂喂——幹什麼？你瘋啦！」彌助大驚。

「咦?這不是小狸助嗎?」久藏也嚇一跳。

彌助氣得想揍他一拳,罵道:「你這傢伙,睡得頭殼壞掉啦!」

「頭殼壞掉……這裡是哪裡啊?」久藏莫名其妙。

「是呼鬼橋啦!你睡在這裡,小心被妖怪把魂魄拔去喔!」千彌冷冷的說。

「我怎麼會在……呼鬼橋?啊,對了!我是跟在你們後面,然後……看見櫻花……」久藏努力回想。

「什麼櫻花?你還沒睡醒啊?振作一點,反正我們都是同路,就一起回去吧!」千彌說。於是,三個人就結伴回家了。

彌助想起那天久藏的反應,的確是有點奇怪。「他在回家的路上都不講話，還一副苦澀的表情。他會不會在那時候就感冒了？我們該去慰問他嗎？」彌助有點擔心。

「不，今天不要去。今天久藏會有特別的客人。」千彌卻說。

「是誰啊？」彌助覺得奇怪。

「久藏或許也到了該訂終身的年紀啦！」對著莫名其妙的彌助，千彌只是摸摸他的頭，愉快的微笑著。

久藏一個人悶悶的躺在棉被裡，已經不知道是第幾天了。只覺得渾身像感冒一般倦怠，動都不想動。

無論醒著還是睡著，他的腦海裡都是那個少女的倩影。「她……為什麼哭呢？」久藏怎麼都想不明白，那個少女對著他哭，到底是為什麼？

「唉，沒辦法啦！我一定是作夢，夢裡把一個少女惹哭了！可是，怎麼會這麼不舒服呢？」他想起身出去透透風，卻怎麼都提不起勁。

久藏窩在棉被裡，不知嘆了幾百次氣的時候，他的父親辰衛門進來了，喚道：「久藏，你起來一下好嗎？」

「為什麼？阿爹！」久藏有氣無力的問。

「你的未婚妻就快來了！」辰衛門說。

「啊啊——？」久藏嚇得彈起來，辰衛門卻沒好氣的說：「叫那麼大聲幹什麼？人家是聽說你下不了床，特地上門來慰問啦！」

「可、可是，阿爹，我、我沒有未婚妻呀！」久藏急得不得了。

「你這個呆兒子，我不是跟你提過很多次嗎？真是聽不進人話呀！時間快到了，我也要去換衣服。」辰衛門說完，就忙不迭走出去了。

房裡剩下呆若木雞的久藏。

未婚妻？他可從來沒聽過呀！是什麼時候，誰幫他決定的？

久藏愈想愈不對勁，臉都青了！

「我、我得逃走！」他正要爬起來，卻聽到一聲清脆的嗓音：「失禮了！」接著，紙門被拉開了。

伴隨著一股甜香，房裡走進一個年輕女子，她穿著像黎明的天空般的淺桃色和服，上頭鑲著細細的格子紋。

咕咚！久藏的心臟猛烈鼓動起來。

這不是他在夢裡說過的和服嗎？那個迷路的少女，他想要她穿的和服……現在，她竟然就在眼前？

久藏拼命壓住狂跳的心臟，壯著膽子抬起頭來。

眼前是一個散發清香氣息的女子。她的容貌不僅美麗，還像盛開的睡蓮一般清純無瑕。頭上結著時下流行的髮髻，髻上插著可愛的花簪。

看著愣得說不出話的久藏，年輕女子靦腆的說：「是王蜜公主幫我想辦法的。她對你周圍的人都施了法術，讓他們以爲我是你的未婚妻。不過，如果你不願意，我立刻就讓她把法術解除。」

「爲、爲什麼會這樣……？」久藏不知道該說什麼。

「我不想就這樣跟你分手。我知道你大概會怕我，因爲……我不是人類。可是，我想再多了解久藏，多和你相處。」女子說。

久藏說不出話來。

「而且……如果你願意，希望你也多了解我。可以嗎？」女子臉都紅了，她的身體微微顫抖，似乎把所有深藏的勇氣都掏出來了！

我不能辜負她！久藏深吸一大口氣，說：「我……老實告訴妳，我不知道究竟會不會愛上妳。」

這次換成那女子無言了。

「但是……我遇見妳之後，一直在想一件事。我想要讓妳多笑，讓妳快樂。」久藏說。

「哦？」女子好像不明白。

「我喜歡看見妳的笑容，所以，我要讓妳常常笑，笑得更快樂！」

久藏說完，大笑起來：「我們彼此更進一步，互相認識吧！這附近有一間茶館，我們一起去！那裡有我最愛的紅豆湯，妳一定會喜歡。」

「久藏有很多喜歡的地方啊？」女子問。

「有啊！好多好多。我一個個帶妳去！」久藏把手伸向她。

女子微笑著伸出手，迎向久藏。

盛夏夜裡 小妖集合

1

妖怪奉行所所長月夜王公的甥兒津弓，正鼓著臉在生悶氣。他已經被禁足三個月了，不單是宮殿，就連房門也不能踏出一步。

舅舅還在生我的氣啊！津弓覺得很委屈。

今年春天，津弓違反和舅舅的約定，單獨溜出宮殿，結果遇見壞人，差點被害死。因爲這件事，月夜王公大爲震怒，每天不停給津弓說教。最近，他雖然已經不再說教了，卻還是不解除津弓房間的外出封印。

「我這輩子大概都出不去了！」津弓想著，不由得冒出眼淚，把臉埋進棉被裡。

這時，月夜王公進來了。

月夜王公和圓滾滾的津弓長得不一樣，是個像上弦月般清俊的美男子。他戴著半個紅色面具，身材挺拔，穿著一襲黑色長袍，背後垂下三條狐狸般優雅的長尾巴，隨時都顯得神態冷靜。

雖然如此，一看見趴著不說話的津弓，月夜王公臉色立刻大變：

「你、你怎麼了？津弓！是哪裡不舒服嗎？」

「舅舅，我要出去……我要去外面！」津弓哭著說。

「還在吵這個嗎？」月夜王公沒好氣道。

「可是……已經是夏天了！我難道都不能玩水嗎？」津弓不服氣的說。

「玩水沒那麼重要吧？你不是每天都去泡澡嗎？」月夜王公不以爲意的說。

「我受夠了！」

見津弓賭氣用棉被蓋住頭，月夜王公也只能乾著急。他知道，津弓已經忍耐到極限，再不放他自由，大概要生出心病了。可是，讓津弓出去外面又教人不放心。月夜王公暗忖，有什麼辦法可以讓津弓乖乖待在房裡，卻又覺得快樂呢……？去拜託那小鬼頭，是有點不情願，但是好像別無他法……聽著棉被裡傳來的啜泣聲，月夜王公不禁嘆了口氣。

那天夜裡，月夜王公突然出現，令彌助嚇得哇哇大叫。他臉上那副情緒惡劣的表情，更教人害怕。

聽到寶貝彌助的驚叫，千彌馬上皺起眉頭，不客氣的對月夜王公說：「你回去！」

月夜王公狠狠瞪著他，道：「吾還沒說明來意，就叫吾回去，太失敬了！」

「彌助被嚇到了！你如果不改那副表情，我就不准你再來！」千彌也不甘示弱。

「他只是被我超凡的外表震懾住了，不是嗎？小鬼頭？」月夜王公轉過來瞪著彌助。彌助覺得委屈，卻不敢吭聲。

今晚的月夜王公比平常更難纏，不知是怎麼回事。彌助小心翼翼的探問，卻見他別過臉去，裝作若無其事的說：「津弓在哭。」

「津弓嗎？好一陣子沒見到他了，他還好嗎？」彌助問。

「身體沒問題，只是心情不好。他一直吵著要出去，又哀嘆又哭叫……吾受不了他的眼淚啊！」月夜王公邊說邊揉額頭。

彌助不可思議的看著他，問：「莫非……自從那件事以後，您都沒再讓他出去嗎？」

「這有哪裡不對？津弓遭到那麼大的危險，要是再發生意外可不得了，當然得把他放在吾隨時可以救援的地方。吾只是要保護他啊！」月夜王公理所當然的說。

「嗯，我了解你的心情。」千彌插嘴進來：「我也一直很擔心彌助的安危。如果能把他放在箱子裡，藏在沒人會發現的地方，才眞的能安心呢！」

「是啊！沒錯。你有時候還挺懂的！」月夜王公拍掌道。

「喂，等等！哪有這樣的？」面對這兩個不明理的大妖怪，彌助忍不住抗議：「再怎麼擔心，也不能把他關這麼久啊！太可憐了……難道要關他一輩子嗎？津弓也是活潑的男生，當然喜歡到外面玩。既然身體好了，就該放他出去啊！」

月夜王公沉默不語。

「您要是遲遲不做決定，津弓可能要討厭舅舅了！」彌助才剛說完，月夜王公立刻著急了：「津弓會討厭吾嗎？」

「是啊！趁還來得及，您就實現津弓的願望吧！」彌助勸道。

「好吧！」月夜王公點點頭，彌助才放下心：「那麼，您要放他出去了？」

「不，暫時還不能讓他出去。」月夜王公卻說。

「咦？您不是才剛說好嗎？怎麼說話不算話啊？」彌助不禁大聲起來。

「彌助，你不要搞錯了！」月夜王公浮出奸險的微笑：「津弓的願望有兩個，第一個是外出，這絕對不行。在吾完全放心之前，不准他出去。所以，吾打算實現他的第二個願望。吾雖然不情願，不過總是比放他出去安全。」月夜王公說完，便伸出手，一把揪住彌助的衣領。

2

「津弓，你醒了嗎？吾給你帶禮物回來了，這是你最想要的。趕快出來啊！」月夜王公喚道。

從頭到腳蓋在棉被裡的津弓，一聽到有禮物，心就動了。他從棉被裡伸出頭，問道：「舅舅，有禮物嗎？」

「是啊，在這裡！」月夜王公微笑著拎出一個大布袋，放在津弓面前。

在月夜王公催促之下，津弓打開布袋，探頭一看，不禁睜大眼睛喊道：「彌助！」

原來，躺在布袋裡的是彌助。只見他雙眼緊閉，全身軟綿綿的。

「舅舅，這是怎麼……？」津弓吃驚的問。

「你不是想跟彌助玩嗎？吾就把他帶來了。怎麼樣？這樣就解決了！」月夜王公得意的說。

「解……決了？」津弓不懂舅舅的意思。

「是啊！吾不准你出去外面，但是准你跟彌助玩。這樣你就不能再發脾氣了！」月夜王公的語氣好像在懇求。

津弓愣了一下。他原本一直以爲舅舅在生自己的氣。他以爲身體好了還被關著，是舅舅給他的懲罰。可是，舅舅卻很努力在爲他著想。

舅舅施法術把彌助給帶來了，不就是最好的證明嗎？

「謝謝舅舅！我不再賭氣了！」津弓笑逐顏開的說。

「那就好！你們玩吧！吾把你房間的結界[4]解開，只要你們不離開宮殿，怎麼玩都可以。要是發生什麼事，隨時可以叫吾，喊一聲吾就會聽見的。」月夜王公叮囑道。

「遵命，舅舅大人！」津弓笑著答應。月夜王公也笑了：「那麼吾去奉行所了！」

津弓等舅舅走了，馬上衝過去搖晃布袋裡的彌助，大聲喊道：「彌助，好久不見了！來跟我一起玩呀！」

「喂喂，快住手！不要搖啦！」沒想到答話的不是彌助，卻是個又尖又細的聲音。

津弓嚇一大跳，只見彌助的胸前有個東西在蠕動，接著，一個巴掌大的小妖怪出現了！

那是一個穿茶色肚兜，全身青梅色的小妖怪。他圓圓的頭上綁著一個小髻，眼睛骨碌碌

轉動，一副很機靈的樣子。

「唉呀！運氣眞差，竟然被帶來月夜王公的宮殿。沒事被捲進來，倒楣死了！」小妖怪抱怨說。

「你、你是誰？」津弓有點害怕。

「我？我是梅子妖怪梅吉啦！你就是津弓？我聽彌助說過，兇悍的月夜王公就會寵自己的甥兒，果然是眞的！」梅吉嘲笑的語氣，令津弓不禁噘起嘴。

津弓也聽過梅吉，他是和彌助很要好的小妖怪。他還記得，彌助曾送給梅吉特別的玩具禮物。津弓知道這事以後，就對梅吉沒有好感，現在見到本尊，更不喜歡他了！

津弓不悅的問道：「你跟著彌助來幹什麼？」

「我可不是自己想來的！我本來在彌助家，沒想到月夜王公忽然出現，我只好跳進彌助胸前躲起來。誰叫月夜王公那麼可怕啊！」梅吉不甘心的說。

「你說什麼？舅舅比誰都慈祥啊！」津弓大聲反駁。

「會這樣說的，全世界只有津弓一個啦！總之，我本來想一直躲到月夜王公回去，沒想到他竟然一把抓起彌助，把他帶來這裡了！」梅吉也大聲說。

梅吉聽起來很不甘願，可是津弓聽了更不愉快。梅吉好像經常去找彌助，感覺他只是想炫耀自己和彌助的關係。

津弓想一個人占有彌助，便命令道：「今天彌助是來陪我玩的，梅吉你回去！你沒有受邀請，就得回去！」

「抱歉，我可是先被彌助邀請的，你才應該禮讓呢！要不是月夜王公不由分說把彌助抓來，現在我們已經在彌助家吃西瓜了！」梅吉回嘴。

「彌助家有西瓜嗎？」津弓嫉妒的問。

「有啊！好大一個，放在水盆裡冰得好涼，彌助也等著要吃呢！誰會想到有人來找碴啊！」梅吉沒好氣的說。

津弓聽了差點要哭，他雖然想回嘴，卻不知該說什麼，只好轉頭向彌助求救：「彌助你起來呀！你叫梅吉回去嘛！」

可是，無論津弓怎麼叫他或搖他，彌助還是動也不動，眼睛也閉著。

這時，梅吉跳到彌助肩上，看著他說：「糟糕，他完全暈倒了！

月夜王公動作太粗魯了，他沒想到彌助是人類，不能這樣對待啊！」

「我舅舅最仁慈了，不准你這樣說他！」津弓抗議。

「好啦好啦！可是怎麼辦呢？彌助不醒來，我也沒意思。陪你這樣的少爺一點都不好玩！」梅吉不客氣的說。

「梅吉欺負我，我討厭你！」津弓大叫。

「我也不喜歡你啊！你讓月夜王公去抓彌助，太沒道德了！」梅吉和津弓狠狠相瞪。

「不然，我們來比賽吧？看誰贏了，就能跟彌助玩。」梅吉提出挑戰。

「好！如果我贏了，你就馬上出去！還有，最近你都不能再去找彌助！」津弓霸氣的說。

「好啊！那麼我也要出條件。要是我贏了，以後你絕對不能叫舅舅去抓彌助，知道嗎？」梅吉不甘示弱。

「好吧……反正一定是我贏。那我們要比什麼？」津弓問。

「相撲……不行！那一定是你贏。捉迷藏怎麼樣？」梅吉提議。

「那才不行！梅吉像隻小老鼠，哪裡都可以躲啊！」津弓馬上否決。

「鼠、你敢叫我老鼠？」梅吉生氣了。

兩個小妖絞盡腦汁想各種比賽方法，卻都沒法決定。最後，還是津弓靈機一動：「對了！我們去藏寶庫。」

「藏寶庫？」梅吉莫名其妙。

「是，藏寶庫裡放好多東西，裡頭一定有彌助喜歡的。我們各自去挖寶，找彌助可能會喜歡的東西。他要挑上哪一個，那找到的人就贏了，你看怎麼樣？」津弓說。

「原來如此，看起來挺公平的。」梅吉不反對。

「是啊，那我們就開始吧！」津弓說完，就把彌助留在房間，和梅吉動身去藏寶庫了。

他倆穿過很長很長的走廊，來到庭園。梅吉不禁驚呼：「哇！這是哪裡？好美啊！」

只見眼前出現像湖那麼大的池塘，水不深，卻非常清澈。池底鋪滿亮晶晶的寶石，一群淺藍色的小人魚正游來游去。水面上浮著許多盛開的睡蓮和菖蒲，閃亮的螢火妖蟲成群結隊穿梭其間。池塘中分布許多小小的島嶼，上頭長滿青翠的草木，島嶼之間有紅色的曲橋相連，可以自由來去。

津弓驕傲的挺起胸脯，對看得目不轉睛的梅吉說：「這個庭園是我舅舅打造的，很棒吧！」

「嗯，好厲害！跟我的家鄉差不多一樣美麗！」梅吉評論道。

「梅吉的……家鄉？」津弓不明白。

這回換梅吉挺起胸脯了：「是我們一族代代居住的地方啦！那裡有幾千棵梅樹，到了二月中就一齊開花，不但美麗，還好香啊！香花仙女每年到那時候，就會來我家鄉呢！」

「可、可是你家鄉只有二月才美麗對不對？我們的庭園可是一年到頭都這麼好看的！」津弓不服氣的說。

梅吉聽了沉下臉，瞪著津弓說：「我家鄉除了開花的季節，可還有更好玩的時候。每年開始下梅雨以前，梅子就會結果，整片梅林滿滿都是。收穫的時候許多妖怪會來幫忙，到了晚上就開宴會慶祝。你們這個庭園雖然好看，一定沒那麼好玩吧？」

津弓被梅吉比下去，非常不是滋味。他心想：太沒趣了，我一定要把梅吉趕走！

兩個小妖越過一座座小島，來到一座遍布竹林的島上。

「到了！這裡就是寶藏島。」津弓說。

「可是什麼都沒有啊！」梅吉說。

正如梅吉說的，眼前只有整片青竹。不但是藏寶庫，就連一間小屋也沒有。梅吉四處張望，卻見津弓得意的說：「當然有啦！跟我來。」

津弓盯著腳下，只見地上鋪滿白色的玉石。這裡有舅舅告訴他的記號，只要找到那個記號，藏寶庫的門就會打開。

找到了！那是一個像銀杏般迷你的玉石，它和別的玉石長得很像，但仔細看是淺橘子色，上頭有細小的花紋。花紋的樣式是一個圓形，裡面有三條狐狸尾巴捲在一起，那是月夜王公的家徽。

津弓蹲下去，輕輕觸摸那塊玉石。忽然，路邊的小石頭一個接一個跳了起來。

「哇！怎麼了？」梅吉大叫一聲，慌忙跳到津弓肩膀上。見梅吉被嚇到，津弓得意的笑了：「哈哈，梅吉膽小鬼！」

「囉、囉嗦！你不先講一聲，我當然會嚇一跳了！到底是怎麼回事？」梅吉生氣的說。

「呵呵，你馬上就知道啦！」津弓笑道。

話音剛落，只見一個個跳動的小石頭，自動堆疊起來，最後變成鳥居[5]的形狀。那是一個大人可以穿過的白石鳥居，津弓讓梅吉坐在肩上，一起走過去。

下一秒，他們已經在一個很大的房間裡頭。房裡有微微的亮光，內部看起來很深，兩旁豎立著高大的櫥櫃，每個櫥櫃裡都擺滿了箱子和瓶子，房間深處還堆著好多長方形置物箱。

「這裡就是我家的藏寶庫，我們開始找給彌助的東西吧！」津弓興奮的說。

「好！那不能作弊喔！一旦選上了，就不能再換別的。還有，在彌助看到以前，不能自己打開偷看，這樣可以嗎？」梅吉說。

「行啊！」津弓爽快答應。

「那就開始吧！」梅吉也興奮起來，兩個小妖開始挖寶。津弓在櫥櫃間的走道上跑來跑去，梅吉鑽入津弓進不去的櫃子深處。他們拼命努力，想找到最好的東西。

這個上了鎖的箱子怎麼樣？看起來放著很重要的東西。不，那個拿起來好重的小盒子才是寶物吧？呼……好難啊！一定得找到最適當的東西才行，一定要讓彌助跳起來說：「哇，太炫了！」就是要給他這麼大的驚喜不可。

津弓汗流浹背，灰頭土臉的探進一個個櫥櫃，搆不到的地方就跳上去或爬上去，最後，一個閃閃發光的東西映入他眼簾。他被那東西吸引，伸長手去把它掏出來。

那是一個用繡金線的華麗布巾包裹的箱子，大小剛好讓津弓抱得住，也不太重。好極了！就選這個，津弓下定決心。他覺得用這麼華麗的布巾包裹，裡頭一定是很貴重的寶物。

「決定了！我找到了！」津弓大叫。

馬上傳來回答的聲音：「我也決定啦！」接著，梅吉從最上頭的櫥櫃爬下來，拖著一個細長的布袋。

津弓見到梅吉拖著的東西，立刻就安心了。比起他挑的包裹，那個布袋實在太樸素了，甚至有點古舊。布袋的大小，也頂多只能放一支煙管而已。

可是，梅吉好像很滿意他挑的布袋。他滿面笑容的說：「我選這個，看起來就很有味道。」

「哼，好小啊！你看，我選的是這個。」津弓炫耀說。

「哼，津弓你就不懂了！小心別被金光閃閃的東西蒙住眼睛。還有，最大的東西不一定是最好的。」梅吉教訓他。

「誰說的？不是有俗話說『大材可兼小用』嗎？」津弓不服氣。

「欸？那是人類的俗話，相信的才是傻瓜。」梅吉反駁道。

「相信又怎麼樣？我就喜歡人類，彌助也是人類啊！」津弓回嘴。

「呃……」梅吉說不出來了。

「我們趕快回去吧！看彌助會喜歡誰的東西。」津弓興致勃勃的說。

4 結界：分隔特定空間與外界的隱形界線。

5 鳥居：日本神社門口的牌坊，代表人間和聖域的交界。

3

當他們回到津弓的房間，彌助還沒醒來。津弓和梅吉對他從頭到腳又捏又搔癢，卻怎麼都弄不醒。

「津弓，我們到底要怎麼辦？彌助怎麼都叫不醒啊！」梅吉開始著急。

「你不能怪罪我呀！」津弓也急了。

「沒辦法……總之我們先把裡面的東西拿出來，彌助只要一醒來，馬上就可以挑選了。」梅吉提議。

「好吧！那就先拿你的。」津弓說。

「你害怕了嗎？好啦！就讓我的寶物先亮相。」梅吉吸一口氣，從布袋裡把東西掏出來。

那是一把摺扇，扇面不是紙做的，而是以削得很薄的木片連接而成。扇子飄出一種甜蜜的香味，瀰漫整個房間。梅吉綻開笑臉，說：「怎麼樣？很香吧！彌助絕對會喜歡的，一定會！」

「誰說的？我的一定更棒！」津弓不甘示弱，拿起自己的布巾包裹，把上頭的結打開。

然而，布巾裡包的卻是個意想不到的東西。他倆都愣了一下，接著，梅吉發出爆笑：「哈哈哈！這可真是傑作。居然是個木、木桶！」

沒錯，布包裡是一個又老又舊的木桶。津弓望著那桶子，心都碎了。他知道自己輸了！彌助會被梅吉搶走，太悲傷了！

津弓忍不住掉下眼淚，他的淚水滴滴答答落進木桶裡。忽然，「咻——咻——」，傳來一道奇怪的聲音。

「什……什麼聲音？津弓，你不要輸了就發出怪聲呀！」梅吉害怕的說。

「不、不是我啦！」津弓喊道。

「那、那又是什麼？」梅吉問。

兩個小妖害怕得縮成一團，這時，他們聽到有誰說話了：「吃嗎……？你要吃嗎？」

那聲音陰沉恐怖，像從地底發出來似的，不斷的重複：「吃嗎？

你要吃嗎？」

津弓發著抖，不由自主的回道：「吃、吃什麼？」

「哇！傻瓜，你不要開口呀！」梅吉臉色大變，衝過去要摀住津弓的嘴，可是已經太遲了！

只聽那聲音說：「是嗎？吃嗎？吃嗎？那就給你吃……！」緊接著，從桶子裡冒出一股白色的東西，直往上噴。

津弓和梅吉看得眼睛發直：「麵、麵線？」

是的，那是一股巨大的白色麵線，不停的從木桶裡冒出來。麵線的聲勢太驚人了，根本擋也擋不住。

大量湧出的麵線像洪流般衝過來，兩個小妖嚇得尖聲大叫：「哇——哇——」「啊——啊——」他們連逃都來不及，轉眼間就被大蛇似的麵線團團捆住，無法動彈。

「我要被麵線淹死了！救命啊！」津弓哭喊。

「我、我才是！噁、噁心死了！你快想辦法呀！這是你弄來的呀！」梅吉大叫。

「可、可是……我不會呀！舅舅……！」

麵線溢滿整個房間，再也容不下，就壓破紙門往外流出去。這時，忽然有人同時撈起津弓和梅吉，原來是月夜王公出現了！

「哇——哇——舅舅！」津弓大哭。

「這是怎麼回事？津弓！」月夜王公鐵著臉問。

津弓還沒開口說對不起，就聽梅吉大喊：「快、快點！去救彌助！」

「彌助要被麵線淹死了！」津弓也叫了起來。

月夜王公還沒搞清楚，就先彈了一下手指。只聽好大的「咚！」一聲，彌助從麵線洪流裡飛了出來。他全身纏滿了麵線，不過好像還活著。

津弓和梅吉看見彌助，才剛鬆一口氣，月夜王公便嚴厲的問：「你們說吧！究竟發生什麼事？」

「呃……」兩個小妖縮起脖子，卻逃不過月夜王公質問的眼光，只好開始自白。

「原來如此，吾明白了！」月夜王公舉起木桶，對著它念一段咒語，木桶馬上變回原本平凡無奇的樣子。

「這個木桶是收伏麵線鬼的，牠是令人吃麵線撐到死的鬼，所以吾把他關在這桶子裡。」月夜王公說。

「舅舅，對不起！」津弓心虛的說。舅舅的聲音裡沒有憤怒，卻好像很失望，令他非常後悔。

這時，只聽梅吉插嘴說：「呃、這個……月夜王公，請您不要光是責備津弓。我、我也有錯……」

「哦，是嗎？梅吉？」月夜王公有點驚奇。

「是啊！我說了一些讓津弓嫉妒的話，他才會想出這個餿主意。津弓只有錯一半，就請您罵他一半，另一半留著罵我吧！」梅吉說。

「梅吉……你倒挺有骨氣！」月夜王公說。

「沒、沒有啦！我不是在幫津弓說情，我只是說老實話。我可不想當陰險的妖怪！」梅吉噘起小嘴，青梅色的臉好像有點發紅。

見梅吉輕呼一口氣，月夜王公不禁失笑：「梅花之鄉的梅吉，你眞有勇氣，膽敢向吾伸張正義。」

「呼……」梅吉接不上話。

「舅舅，您不要懲罰梅吉！」津弓叫道。

「不會的。你們兩個應該受到很大的教訓了！這個經驗你們絕對不會忘記。吾就不再說什麼，也不懲罰你們了。」月夜王公說。

「眞、眞的嗎？」兩個小妖聽了才放下心。

月夜王公嚴肅的說：「還有一件事，吾得告誡你們，那一把扇子要是打開搧風就完了，可不是輕易能解決的……搞不好會把彌助害死！」

津弓和梅吉嚇得睜大眼睛，只見月夜王公指著扇子，說：「這把摺扇叫做永眠扇。」他解釋道：「它是將戰場上生長的永眠樹砍下來做的，是吸收許多鮮血和怨恨的邪物。這扇子發出甜香，是爲了引誘人打開它，然後把人帶入沉睡致死的境地。你們沒把它打開，是不幸中的大幸啊！」

兩個小妖聽了，不禁全身發抖。

「舅舅，爲、爲什麼這麼可怕的東西，會放在我們的藏寶庫啊？」津弓害怕的問。

「就是因爲有害，吾才把它們關進儲藏庫，這是我們一族的使命。津弓，除非你長大到可以承擔守護的任務，否則不准再進入那個儲藏庫，知道嗎？」月夜王公鄭重的說。

「是、遵命！」津弓挺直脊背，大聲回答。

這時候，躺在地上的彌助，忽然吐出一口大氣：「哇！呃、呃——這是什麼？麵線？」

「彌、彌、彌助！」

「太好了！你沒事！」

津弓和梅吉哭著衝過去抱住彌助，把彌助唬得愣在地上，不知究竟怎麼回事。

另一邊，月夜王公環視津弓房間的慘狀，不禁皺起眉頭。成山成海的麵線，加起來大概有數百人份，就連走廊都塞滿了。

「這個……要丟掉得費多少事啊？」月夜王公喃喃自語，卻被彌助聽到了：「把麵線丟掉？太浪費了！既然是食物，就把它們吃掉啊！我有個好主意，您要聽嗎？」

「好吧，你說說看！」月夜王公頓了一下，才答道。

那天晚上，月夜王公的庭園召開盛大的納涼晚會。

由於彌助出面邀請，妖怪們才戰戰兢兢的步入月夜王公的庭園。

大家都被生平第一次見到的美麗園景，感動得說不出話來。

今晚招待賓客的佳餚就是麵線。月夜王公的老鼠侍從們把麵線都洗得很乾淨，大家吃得不亦樂乎。

津弓、梅吉和彌助也一碗接一碗，吃個不停。「太好吃了！涼拌麵線！」津弓感嘆。

「嗯，太棒了！」梅吉也說。

「放一些蔥花進去，會別有滋味喔！」彌助建議。

「我喜歡山椒拌涼麵。」梅吉說。

「梅吉你還挺內行嘛！」彌助豎起大拇指。

「喂，我也可以加山椒吃喔！我也內行。」津弓趕緊接口。

「嗯，是啊！是啊！」彌助輕輕拍津弓的頭，讓他笑得合不攏嘴。

有彌助在旁邊說笑，加上不時湊過來鬥嘴的梅吉，令津弓覺得很快樂。而最令他歡喜的是，一大群客人讓庭園顯得生氣蓬勃。

原來靜悄悄的庭園，聚集了好多妖怪。大家高聲談笑，一邊歎歎的大口吃麵線，七嘴八舌你來我往，像過新年一般熱鬧。

津弓太高興了，笑容跟筷子都沒停下來過。這時，月夜王公悄悄靠過來，問：「津弓，玩得開心嗎？」

「啊，舅舅！我太高興了！太好玩了！」津弓綻開笑臉，月夜王公也被逗笑了：「是嗎？太好了……彌助，你想到開納涼晚會，可真是個好點子。」

「嘿嘿，這可叫做一石二鳥？既把麵線解決掉，又讓大家同樂。只是……我不能叫千哥也來嗎？」彌助趁機問月夜王公。

「不行！」月夜王公立刻否決：「吾不能讓那白臉傢伙踏進這座宮殿。還有……他大概還在生吾的氣。」

「千哥生氣？爲什麼？」彌助不解。

「吾沒得他同意就把你帶來，他好像很氣憤。」月夜王公苦笑。

「啊，的確是……」想到月夜王公粗魯的手段，一定讓千彌大怒。

「那您有沒有想過，如何才能讓千哥息怒？」彌助問。

「哼，吾是有想過。吾爲津弓訂製的仙藥分一點給他，白嵐那麼疼你，拿到這藥就不會再生氣了。反正他就是寵孩子的傻瓜嘛！」月夜王公不屑的說。

「雖然我不敢造次，不過千哥跟月夜王公可是半斤八兩喔！」彌助小聲說。

「你說什麼？」月夜王公提高聲音。

「沒什麼！」彌助趕緊搖頭。

梅吉邊笑邊踢彌助的腳，消遣他道：「彌助和津弓都是被過度保護，一定很不自由啊！」

「不用你管！對了，剛才我聽說，這一堆麵線是從你們端來的桶子裡噴出來的。爲什麼你們會去找那桶子呢？」彌助好奇的問。

梅吉和津弓互望一眼，然後齊聲對彌助說：「不告訴你！」

「絕對不告訴彌助！」梅吉強調。

「怎麼了？趁我不在的時候，你們好像變成好朋友了？」彌助一頭霧水的模樣，讓津弓和梅吉一齊笑開了。

從此以後，津弓和梅吉總是一起到處搗蛋，讓妖怪們在背後冠上「不良小妖兄弟」的綽號，而他們都還不知道呢！

紅葉飄飄
秋風解愁

1

秋天到了。住在太鼓長屋的少年彌助，每年秋天最大的樂事，就是撿栗子。樹林裡撿來的栗子裝滿滿一袋，可以水煮、燒烤，還可以做栗子蒸飯，天天吃栗子大餐，快樂無比。

但是，今年與往年不同。彌助到附近幾個樹林尋找，卻怎麼都找不到成熟的栗子，它們好像都青青的就落地了。

「今年看來沒有栗子大餐了……」彌助正失望嘆氣，卻見玉雪走了進來。

玉雪是一隻白兔妖怪，當她化成人類模樣，則是一個白白胖胖的女人，身上穿著橘紅色的和服。而她疼愛彌助的程度，完全不比千彌遜色。

玉雪見到彌助無精打采，著急的問：「彌助你怎麼了？是遇到什麼壞事嗎？有問題儘管告訴我，我什麼都可以幫你做。」

「沒什麼啦！只是今年撿不到好的栗子，覺得很可惜。」彌助說。

「撿栗子嗎？那麼到我的栗子林怎麼樣？那裡有好多成熟的栗子，現在正是收穫的時節呢！」玉雪說。

「玉雪姊的栗子林？」見彌助驚訝的模樣，玉雪笑著點頭。

第二天一早，彌助跟著玉雪，動身到離江戶很遠的山上。那裡到處都是粗壯的栗子樹，滿地滾落無數帶刺的栗子果殼。

「欸？這麼多！這些都可以撿嗎？」彌助驚訝的問。

「當然啦！」玉雪答道。她已經變回像小牛一般大的白兔。因爲法力不足，玉雪在白天會回復兔子原形，說起話來就搖擺著圓滾滾的龐大身軀。

「要多少撿多少，不用客氣喔！我到樹林外面一下，不會走太遠，你有事就大聲叫我。」玉雪說完，隨即消失在茂密的草叢裡。

彌助開始撿栗子，這裡的栗子每個都又圓又大，讓他好不驚喜。肩上背的竹籠，很快就要裝滿了。

彌助忍不住笑逐顏開，盤算著回家後要烤栗子，明天換做栗子蒸飯……啊，想起來都要流口水了！他一邊想像，一邊不停彎腰撿拾。

不知不覺間，彌助來到一條小河前面。在小河對岸，有一間小寺廟。說是寺廟，其實大概久無人煙，屋頂長滿青苔，還破個大洞，梁柱也被蛀蟲咬得破破爛爛，白色的牆壁看來隨時都會倒塌。

玉雪就蹲在那間破廟前面，朝廟門靜靜看著，動也不動。

彌助本來想出聲叫喚，卻停住了。他覺得玉雪大概不想被打擾，就悄悄退回樹林中。

那天傍晚，彌助和玉雪扛著好大一籠栗子，回到太鼓長屋。

知道寶貝彌助收穫豐盛，心情很好，千彌難得向玉雪道謝：「玉雪，有勞妳了！感謝喔！」

「哪、哪裡的話。只要彌助喜歡我的栗子林，我就很欣慰了！」

玉雪有點難爲情的說。

彌助趁機問她：「對了，爲什麼那個栗子林會是玉雪姊的呢？」

「我也想知道，妳是妖怪，爲什麼能得到那片土地呢？」千彌也問。

玉雪微笑著說：「有人送我的。」

「是誰啊？」彌助忍不住追問。

「某個人……如果你們有時間，一起聽聽我從前的故事好嗎？」

玉雪得到兩人同意，就緩緩開始說起來。

2

那時候，玉雪非常焦急。無論白天還是黑夜，她的腦海裡都充滿小男孩的身影。那個皮膚曬得很黑，笑起來很可愛，名叫智太郎的孩子。

他究竟到哪兒去了？玉雪閉上眼睛回想：「智太郎是把我從陷阱救出來的恩人。智太郎是給我取名『玉雪』的人類。智太郎好可愛，我好喜歡智太郎。可是，我竟然沒法守護他……那一天，要是我拼命一點，把智太郎抓住就好了！」玉雪打從心底後悔。

那一天，是智太郎和母親被食妖魔襲擊的日子。

玉雪使盡全力叼著智太郎逃走，可是孩子太重了，半路不小心讓他掉進河裡。玉雪永遠記得智太郎滑落河岸時慘白的臉，她心痛得胸口都快裂開了！

強烈的悔恨加上尋找智太郎的迫切心情，令玉雪轉生變成妖怪。但是即使變成妖怪，她還是不斷搜尋著智太郎的下落。

那孩子大概已經不在人世了，但他的靈魂可能還在世間徘徊。就像自己變成妖怪一般，那孩子或許也正在哪裡漂泊徬徨。

無論如何，玉雪就是要找到他。這回她一定不會離開，要永遠守護他。

這樣的念頭太強烈，驅使玉雪不停的四處探訪。然而好幾年過去了，還是杳無音訊，於是，玉雪改變尋找方式。她開始頻繁參加妖怪的聚會，聽他們在談論什麼。

妖怪族群出乎意料的很喜歡打聽小道消息，只是他們經常口耳相傳的，多是無關痛癢的閒話。玉雪極力忍耐，只爲了聽大家在說什麼。一天晚上，她終於注意到一些有點關聯的消息。

在西方的深山裡，有一個身上沾著邪氣的孩子。玉雪一聽到這話，心臟立刻強烈鼓動起來。

說話的是個水妖，玉雪請他說詳細一點。據說那孩子是個十歲左右的男孩，獨自一人住在山上的廢寺裡。他身上的邪氣太強烈，不僅人類，就連鳥獸也不敢靠近那座山。

玉雪愈聽愈激動，智太郎要是活到今天，也該有十歲了。聽說那男孩身上有邪氣，智太郎曾被妖魔侵襲，身上可能也帶邪氣？是啊！眞的很有可能。

玉雪迫不及待想查證，就立刻動身前往男孩住的那座山。

山裡靜悄悄的，正是即將秋天的時節，樹梢上結滿各種果實，卻見不到任何鳥獸的蹤影，取而代之的是無所不在的強烈邪氣。那是一種令人心神不安、令人憤怨、令人憎惡的陰森氣息，互相糾纏在一起。可是玉雪並不退縮，她一定要查個明白。

她不停往深山裡前進，終於來到山腰處的小寺廟。在那座荒廢的破廟前，有一個小小的人影。

那是一個男孩，背向玉雪，瘦弱的身體穿著白色的和服，頭髮剃得很短，雖然不是光頭，卻也只有指尖那麼長。

是他嗎？是那個他嗎？玉雪鼓起勇氣衝上前，那男孩回過頭來，好像嚇了一大跳。當玉雪一見到那張寂寞秀氣的臉龐，心登時涼了半截。

他不是智太郎。

玉雪強忍悲傷，轉身便要離去，就在那時，忽然一道寒氣貫穿她的身體，她想也沒想，回頭一看。

哇！

只見男孩背後竄出一道漆黑的影子，朝著嚇得僵硬的玉雪直直衝來，猛力將她撞飛出去。

玉雪的意識隨著身體一起被撞飛了。在昏倒前的瞬間，她聽到男孩的慘叫。

「住手！」

3

幸福是什麼？看著飄落的樹葉，男孩怔怔的想。

在男孩的記憶中，他從來沒有幸福過。他不記得自己有朋友，也不記得誰對他微笑過。他唯一的同伴，就是孤獨。

當他還小的時候，身邊有許多人。他的家很大，人來人往的聲音、氣息和味道，他都記得。

但是，那些並不是愉快的記憶。不友善的、甚至是欺負他的話，他都聽過許多。

男孩逐漸長大，開始知道自己是不受歡迎的。他不僅覺得悲傷，同時也覺得不可思議。因爲只要是對他說過壞話，或是動手捏他、踢他的人，第二天就會從家裡消失，再也不見蹤影。

最後，男孩變成孤獨一人。沒有人敢進他的房間，他的飯菜總是被擱在走廊上，只能聽到匆匆來去的腳步聲。

男孩的父親比誰都怕他，不但很少見他，就算見了，也從不正眼瞧他。

「怎麼不早點給我死掉呢？」男孩聽到僕人的耳語，說是老爺這麼說的。那天晚上，男孩躲在冰涼的棉被裡大哭。連父親都這麼討厭他，他該怎麼辦呢……？

翌日早晨，家裡天翻地覆，原來父親去世了！

男孩嚇得坐在房間裡發呆，卻見祖母衝進來。她哭腫的雙眼圓睜，怒斥道：「你這個弒父的不肖子！」

祖母大聲咒罵：「你出去！你害死了我兒子，你不是我孫子！你是妖魔禍害，趕快出去！給我出去！」她尖厲的叫聲把男孩逐出家門。大門外，幾個腳伕在等著倉皇逃出來的男孩。

「走吧！你必須離開這裡，到很遠的地方去。」那些人冷冷的說。男孩只有默默點頭。

於是，男孩離開從小生長的家。他跟著陌生的大人們不停的走，不知過了多少天。那些人都不多話，只會下必要的指示，也不看他一眼。但是，他們會給男孩的身體保暖，會給他走得起泡的雙腳塗藥，渡過急流時也會把他扛到肩上。

最後，他們來到深山裡的一座小寺廟。男孩覺得很新鮮，那些人卻說：「從今以後你就住在這裡，這裡的和尚會照顧你。我們每個月會把你的糧食送來，不必擔心。」說完，他們就回去了。

男孩獨自走進廟裡，見到老和尚。老和尚嚴肅的說：「你必須捨棄凡俗，一心向佛。如此一來，附在你身上的邪氣，說不定哪天便可清除乾淨。」

廟裡除了老和尚以外，還有兩個小和尚，他們只比男孩大兩三歲。其中一個小和尚給男孩剃頭，剃刀既冰冷又鋒利，男孩眼見自己的頭髮紛紛落下，不禁冒出眼淚。

第二天，那個小和尚死了。

老和尚鐵青著臉，一字一句的對男孩說：「你生下來就背負著孽障。誰要是對你口出惡言，或是給你造成一點傷痛，就會被咒死。啊啊……眞不該收留你！你家老爺過世的時候，我就應該取消約定了！」

聽老和尚這麼說，男孩才知道，原來父親很早就想把他趕到這裡了。他覺得好悲傷，心好痛。

第二天，見到老和尚冰冷的身體時，男孩已不再吃驚。

老和尚令他難過，說了讓他心痛的話，所以就死了。

老和尚說的話都是眞的。對著眼前冰冷的身體，男孩默默的想：「所有人都死了！只要是誰傷害我，欺負我，就絕對逃不了一死。」

那個唯一留下來的小和尚，不知何時已消失無蹤，他一定是逃走了，這樣也好，沒有人在身邊，就沒有人會死，男孩安慰自己。

男孩就這樣一個人待在廟裡，反正他也沒別的地方可去。不知過了多少日子，從來不見有人再來到這裡。

季節換了又換，男孩獨自守著荒涼的小廟，看著四季變化。他哪裡都不能去，哭也哭不出來，只是一個人無奈的活著。

不知過了多久，秋天降臨了。男孩特別討厭秋天，在這沒有人跡也沒有鳥獸的山上，樹上結的果實不是枯乾就是落地腐爛，看了就教人難過。

要是冬天能早點來就好了，男孩望著飄落的黃葉，心裡想著。就在這時候，背後傳來沙沙的聲響。

男孩轉過身去，嚇了一大跳！他從來沒見過那麼大的兔子，比一隻狗還大，毛色雪白得發亮。他已經很久沒見過活的生物了，不由得目不轉睛的盯著兔子。

另一邊，兔子也直直看著男孩。可是沒多久，牠忽然背過身去。男孩知道兔子要離開了，忍不住在心裡呼喚：「不要走！先不要走！」

就在這一刻，兔子竟然筆直往後彈出去，好像被誰一拳打飛了似的。

該不會……男孩的臉刷的慘白。難道又是他身上的邪氣惹禍？是他希望兔子被揍嗎？他一點都沒有這麼想啊！

「住手！」男孩一邊大叫，一邊往兔子衝去。他把昏倒的兔子扛到廟裡，再拿破布鋪在地上，讓牠躺著。他還想多給兔子一點照料，卻已經無能爲力。不知道兔子會不會死掉？男孩擔心害怕的守著牠。

沒想到更令人驚嚇的還在後頭。入夜時分，就在天色變黑的同時，兔子竟然消失了。取而代之的，是一個女人。

4

玉雪在頭痛中醒來，腦袋還不太清楚，卻感覺有人在看她。她側過身去，只見那個男孩瞪大眼睛，正盯著自己。

玉雪想起發生什麼事了，害怕的縮起身子。那個傷害自己的邪惡黑影，一定是這男孩身上帶的。她想逃走，身體卻痛得動彈不得。

她渾身發抖，卻聽到男孩小聲的問：「妳是……妖怪嗎？」他的聲音很清脆，感覺一點都不邪惡。

玉雪抬起頭，和男孩正眼相對。只見他五官端正，但是氣色很差，臉上帶著灰暗的陰影，身形非常瘦弱，一看就是個不幸的孩子。

見男孩神情好奇，玉雪只好吞吞吐吐的答道：「是……我是……妖怪。你好……」

「妳……妳好！」男孩大概是很久沒跟人說話，聲音微微發抖。玉雪覺得不捨，決定再多說一點：「我叫做玉雪……你呢？」

「我？我叫……啊，對不起，我想不起來了。從來沒人叫我的名字，我也沒向別人說過我是誰。我已經很久，都沒跟人說話了。」男孩似乎有點興奮。

「你不怕我嗎？」玉雪忍不住問。

「剛開始、嚇一大跳！兔子怎麼、忽然變成人。可是……人很可怕，妖怪、卻不可怕……玉雪、小姐的法力很強嗎？」男孩小心的問。

「我嗎？這個……我不太強啊！」玉雪不好意思的說。

男孩一聽，臉色忽然一沉：「那、那就不行了！」

「咦？」玉雪不明白。

「妳、妳趕快回去！不能待在這裡。我、我是被詛咒的人。」男孩帶著哭腔，背過身去。

這回換玉雪倒抽一口氣了。只見一團黏糊糊的黑影，附著在男孩的背上。

那個黑影就在背上盯著玉雪，眼睛眨也不眨，目光彷彿要貫穿她似的。它似乎還沒有敵意，卻是在懷疑，懷疑玉雪是不是敵人。

玉雪嚇得全身僵硬，她終於知道男孩孤獨的理由。就是因為這團可怕的黑影，才沒有人敢待在男孩身邊。

我得趕快離開……玉雪努力爬起來。

男孩似乎發覺玉雪要走了，背對著她說：「對不起，玉雪小姐，我剛見到妳的時候，覺得、妳很好。我從來沒見過……這麼美麗的兔子。我以爲、可以請妳留下來。可是我知道、我不行……很抱歉、傷害了妳！」

玉雪聽了，說不出話來。太可憐了！太寂寞了！這孩子還這麼小啊！她吞了一口氣，小聲問男孩：「你想要有人救你嗎？」

「救、我？……沒辦法的。家裡請一些人給我、去邪，還幫我、念咒，都沒有用。」男孩絕望的說：「我已經、不在乎了。只要我沒感覺，就不怕別人罵我、恨我……我無所謂了。」

玉雪暗下決心，她不能棄這孩子於不顧。

「我是妖怪，可以幫你問問妖怪同伴。說不定，他們知道怎麼除去你背上的東西。」玉雪一邊說，一邊在心裡默念：讓我幫你吧！

她的誠意似乎感化了男孩，只見他的眼裡浮出一點亮光：「妳真的、可以嗎？」

「我不確定。可是，不試試看就不知道。我這就去打聽，大概三天後回來。」玉雪向他保證。

「好，那麼……請妳一定要回來。」男孩的嘴角第一次彎起小小的笑容。

玉雪覺得心底暖暖的，快步走出廟門。

接下來，玉雪四處拜訪妖怪同伴。其中包括古木長老、妖龜隱士、博學的卷軸付喪神6等等，只要有誰可能知道男孩的身世，或有可能認得他身上的黑影，玉雪都一個個去拜訪。

雖然屢屢打聽不到確實的情報，但玉雪堅持不放棄。最後，她終於找到可能知道這件事的妖怪。

那是一個叫鈴白的狐狸婆婆，年齡已經有五百歲，獨自住在白雪皚皚的山上。當玉雪前去拜訪時，鈴白化身成氣質高雅的老奶奶模樣迎接她。

「哦，妳想打聽西方山寺裡被鬼附身的小孩身世？那個孩子我知道喔！」狐狸婆婆說。

玉雪趕緊湊上去聽，狐狸婆婆便娓娓道來。那是一個悲傷的故事。

玉雪愈聽，臉色就愈白，胸口陣陣苦悶。要不是在狐狸婆婆面前，她可能就哭出來了。

她極力撫平自己的心情，卻忽然聽到狐狸婆婆大叫一聲，說時遲那時快，背後襲來一股殺氣。玉雪猛然回頭，只見那團她見過的黑影，正挾著滿滿憎惡的邪氣衝過來。

完了！玉雪心想。她已經離開小廟第四天了，超過和男孩約定的日子，因此才招惹這個黑影來追殺。

不行，我不能就這樣死掉！我一定要活下去！玉雪在心中吶喊。

但是，她還沒來得及站起來，那團黑影就撲上身了！

---

6 付喪神：一種日本的妖怪傳說，又名「九十九神」。相傳器物放置一百年，吸收天地精華或感受到怨念、佛性、靈力後，會得到靈魂並化成妖怪，概念類似「成精」。

5

男孩站在寺廟的前庭，仰望著夜空。

已經是第五天的晚上，那個叫玉雪的妖怪卻還沒回來。不，她可能一開始就不想回來了……？

男孩這麼想著，胸口不禁又開始發疼。他蹲下身，兩手抱住膝蓋，把頭埋進去。他不想再見到任何東西了！無論是寂寞的月亮，或是荒涼的庭院，他都看得太多了。就這麼一直閉上眼睛，什麼都不要看吧！

不用擔心，我永遠都在這裡，永遠會保護你……。

在縮成一團的男孩身旁，有個黑影對他不離不棄。雖然男孩聽不到黑影的聲音，黑影卻像唱安眠曲一般，不停對他說著重複的話。

忽然，黑影發出淒厲的叫喊：「不要來！不准過來！」伴隨著它的喊叫，玉雪出現了。

男孩大概感覺到什麼，抬起頭來。一見到玉雪，他的眼睛立刻一亮：「玉、玉雪小姐！」

「抱歉回來晚了！不過，我沒有爽約喔……安天少爺。」玉雪說。

男孩像被雷打到一般，一個字都說不出來，嘴唇和雙手抖個不停。

玉雪緩緩的對他說：「是的，你就是安天少爺。你出生在京都的上等人家，記得嗎？」

「安天……」男孩喃喃說著，閉上眼睛，抬起瘦小的下巴：「我、想起來了！很久以前，我被叫過這個名字。我就是……安天。」

「是的。」玉雪點頭。

「我從前住在……很大的屋子裡。可、可是，我被趕出來了！祖母說，你出去……因爲我的關係，把爹害死了！」

「那不是你害的，你一點罪過都沒有啊！」玉雪說完，瞪向安天背後的黑影。

那團黑影還是面目猙獰，可是玉雪已經不怕它了：「妳叫做清子，對不對？」

黑影似乎嚇得僵住了。玉雪對著它，開始說起一個女人的故事。

從前，京都有一門權勢和財力都很大的家族。但是，那個家族卻背負著一個不幸的謠傳。傳說他們是跟妖魔打交道，具有妖魔血統的一族，所以旁人不能跟他們接近，連扯上關係都是禁忌。

由於遭到妒恨和惡言中傷，這個家族逐漸凋零，病的病死的死，最後只剩零星幾個人。就在那時，一族之長的女兒出生了。

族長的女兒名叫清子，她經常從周圍的大人那兒聽聞從前家業風光的景象。他們曾經擁有廣大的屋宇和數不清的僕人，有遍植花草的庭園，還有鋪滿鵝卵石的池塘，上頭橫跨著鮮麗朱漆的拱橋。

因爲聽大人說太多了，清子覺得她好像見過那些景象，更自認她有義務要把過去的榮華富貴爭取回來。

十五歲那年春天，清子出嫁了。她嫁給比自己身分低微，但是很有錢的人家。

一年之後，清子生了一個男兒。嬰兒有她娘家的血統，她以爲從今以後，必定能讓娘家一族復興。實現了傳宗接代的願望，令她非常高興。

只是，孩子的身體很虛弱。當醫生說這孩子可能活不到成年時，清子陷入徹底絕望。

那時候，清子和丈夫的關係已經很冷淡，她不期望再生第二個孩子。因此這唯一的兒子，無論如何都要讓他活下去。

她著急的想方設法，最後找到一個幫人念咒的女巫。付了一大筆錢後，巫師就盯著清子的眼睛，教她一種施咒的方法。

那是一種正常人聽了都會恐懼的法術，但是清子卻很興奮。她認爲只要能讓孩子活下去，就沒有什麼值得害怕。

結果第二天一早，家裡的人發現清子死在房裡。

清子倒臥血泊，兩隻手的手指都不見了。她的嘴裡都是血，顯然手指是被自己咬斷的。不知怎的，躺在旁邊地上大哭的嬰兒，嘴角也有血跡。

無論這個房間裡發生了什麼，可以想見一定是非常可怕的事。有個傭人鼓起勇氣走進去，抱起嬰兒。幸好，嬰兒看起來沒受傷。

但是才過沒幾秒，傭人們再度嚇得說不出話來。原來，嬰兒雪白的背上，貼著兩顆紅色的眼睛——不，那是兩隻手的血手印。沒有手指的手，在嬰兒背上印了兩個鮮紅的血痕。

一聲尖叫首先劃破寂靜，接著，其他人也一齊慘叫起來。

從那天之後，那幢屋子裡就經常發生恐怖的事。

對著發出痛苦呻吟的黑影，玉雪嚴肅的說：「這就是妳的故事，對不對……清子少奶奶？」

忽然間，黑影中開始出現小小的裂痕，裂痕像蜘蛛網般擴大，再變成一個個小小的碎片掉下來，最後，藏在黑影裡的東西現身了。

那是一個女人。她的個子很小，看起來非常年輕，幾乎像個少女。女人穿著白色的睡袍，披著一頭散亂的長髮，肩膀上下起伏，正用力喘著氣。她用兩隻手圈住安天的脖子，那雙手沒有手指。

女人抬起頭來，她長得和安天幾乎一模一樣。玉雪心中不禁嘆息。

玉雪本來是很生氣的，她聽了狐狸婆婆說的話後，一直不能原諒清子的作爲。但是，如今見到清子本人，卻怎樣也無法發怒。

現在，她的心中只有憐憫。玉雪同情的對清子說：「妳是爲了安天少爺，才把自己變成鬼對不對？這樣妳就可以一直守護他了……只是妳的方法錯了！妳並沒有爲安天少爺的幸福著想啊！」

清子聽了，卻像小孩子般不停搖頭。她無聲的吶喊：「不對不對，爲什麼這樣說我呢？我只是盡母親的責任，爲什麼責備我呢？阿爹，我已經盡力了！您要誇獎我呀！您一定會誇獎我吧？」

玉雪看著狂亂的清子，輕輕的說：「不要激動，我沒有要責備妳的意思。這個年紀當母親太年輕了，妳其實一直在黑暗中獨自哭泣吧？妳的哭泣和寂寞，就到今天爲止吧，妳需要的是能擁抱妳、在身旁爲妳唱催眠曲的人，因爲妳還是個孩子啊！所以，我把能夠照顧妳的人帶來了！」

玉雪轉過身，呼喚道：「姑獲鳥阿姊！」

就在這瞬間，四周充滿淡淡的白色光芒，就像春日和煦的天光。然後，有一張臉出現了。那是任何言語都無法形容的，世界上最溫柔的，名爲「母親」的臉。

「母親」輕聲呼喚清子的名字：「過來吧，讓我保護妳，我不會再讓妳孤單了，我會永遠永遠懷抱著妳。」那聲音就像美妙的琵琶音樂，在清子心中響起。

清子放開安天，一步一步走向「母親」。

當她走近，「母親」便張開像羽毛般柔軟的雙臂，將她擁入懷裡。清子幸福得閉上眼睛。接著，她的身影漸漸稀薄，最後消失了。

6

安天茫然若失的站在原地。剛才，在逐漸消散的光亮中，他確實看見了！有一張美麗的臉龐浮現在空中，對他稍稍一瞥，臉上帶著微笑。

但是，當安天想多看一眼的時候，那張臉和光亮卻已不復存在。

「娘……」安天喃喃的說。玉雪靠近他，悄聲問：「你看見了嗎？」

「嗯，就那麼一瞬間。可是……娘一直都在，對不對？她一直都在我身邊嗎？」安天問。

「是的。」玉雪點頭。

「原來我背上的陰影，竟然是娘……可是，我一點都不知道。」

安天失落的說。

「變成鬼就是那樣，爲了得到魔力，得付出巨大的代價。」玉雪說。所以，清子比誰都靠近安天，卻無法讓他見到自己，聲音也傳不進他的耳裡。

安天垂著頭，問：「娘……有愛我嗎？」

「當然有。」玉雪堅定的說。

「可、可是，玉雪小姐剛才不是說，娘做錯了嗎？」安天遲疑的問。

「是的，不過清子少奶奶很愛你，這是絕對沒錯的。只是她其實很可憐，連自己都還不夠瞭解，爲了延續自己的家族，就只懂得要傳宗接代啊！」

安天沉默了一會兒，又問道：「娘她……會怎麼樣呢？」

「她沒事的，姑獲鳥阿姊已經收留她了。姑獲鳥是愛護普天下兒女的妖怪，只要待在她身邊，清子少奶奶就能得到安寧。等到她的心靈獲得滿足，就可以去她該去的地方了。」

「是、是嗎？」安天好像放下心，終於笑了。

玉雪看著安天，也微笑起來。接著，她問安天今後的打算。

「你已經得到自由，沒有什麼東西能束縛你，所以你可以放心做自己想做的事了。」

「想做的事……我嗎？」安天緩緩的說。

「是的，如果你希望，我也可以帶妳去姑獲鳥的地方喔！你想跟母親一起安眠嗎？」玉雪問。

安天有點猶豫了。他是想和母親在一起，可是，又想做一點別的事。

這時，一陣秋風拂過臉頰，安天抬頭仰望夜空。

「我、經常在想，如果能變成風、該多好。風、哪裡都可以去……玉雪小姐，我、我想化成一陣風。」安天說。

「好啊，那麼你就化成風吧！」玉雪立刻回答：「變成風，你就可以到處去遊歷，不用想複雜的事，只要在天空飛翔就行了。你做得到的。」

「只要……飛翔就可以嗎？」

那麼，就讓我變成穿山越嶺的勁風吧！安天跨出腳步，卻又好像想起什麼，猛然回過頭來，說：「玉雪小姐，這座寺廟、後面有一片、栗子林。那裡從、沒有人去過，我給它命名，『我的栗子林』……如果妳喜歡，那片樹林、就留給妳好嗎？」

「這樣好嗎？」玉雪問。

「是的，玉雪小姐。我會祈禱，讓這片樹林，每年都結滿栗子。」

安天像是在回顧過去的歲月，環視周遭一圈。從前他最討厭秋天的風景，現在卻覺得很美麗。

「我一直、很討厭秋天，沒有人、會來，卻結許多果子，再落地、

腐爛掉。看見那種光景，非常痛苦……可是，我現在、終於喜歡上秋天了!因爲，這是和玉雪小姐、相遇的季節。」

「安天少爺……」玉雪哽咽了。

安天看著玉雪，臉上綻開花一般的笑容。

「我走了!玉雪小姐。」安天說。

「好的，祝你一路順風！」玉雪說。

男孩開始往前跑，只見他張開雙臂，像展翅般隨風飛馳，接著……就消失了。

玉雪靜靜看著安天消失的地方。不知何時，月夜王公出現在她身後。

玉雪嚇了一大跳，不禁脫口而出：「月、月夜王公，難道您一直在看著我們嗎？」

「沒有，只是路過來看一下……嗯，是有點擔心啦！好不容易去鈴白婆婆那裡把妳救出來，要是讓妳死在這裡，豈不太冤枉了！」月夜王公說。

沒錯，當時在雪山，救了玉雪一命的就是月夜王公。那時候眼看玉雪就要被清子拖走，月夜王公忽然出現，把她拉了回來，再把清子趕跑。

玉雪深深低頭行禮，說：「感謝月夜王公救我一命，又介紹姑獲鳥阿姊給我們。」

「不用多禮，吾幫助妳，只因為妳是吾的奶娘鈴白婆婆的客人。要是讓客人死了，奶娘豈不是太可憐嗎？吾去叫姑獲鳥來，也只是偶然想出的辦法。不過……看來是有好結果，那孩子終於安然離世了！」月夜王公說。

「是的，他笑得好高興呢！」玉雪欣慰的說。

「嗯，吾也看見了。真是個可憐的孩子，因爲母親執意要生而出生，又因爲母親的怨念而被強迫留在世間。他大概沒發現自己早就沒有生命了！妳是一口氣救了他們母子兩人啊！」月夜王公讚許道。

「哪、哪裡，我沒有那麼偉大……」玉雪不好意思的說。

月夜王公用鼻子哼哼笑了兩聲，說：「也罷，吾該走了！」

「呃……安天少爺說，他要把栗子林留給我。」玉雪遲疑的說。

「啊，他是有這麼說。」月夜王公點頭。

「我可以收下這個禮物嗎？真的好嗎？」玉雪還是很猶豫。

「是給妳的，就隨妳決定吧！」月夜王公說完，隨即消失了。

玉雪獨自留在原地，悠悠望著寺廟後的山林。她永遠不會忘記安天，明年、後年，她都會再回來，向那個化成風的男孩說：「你今年去過哪裡呢？我今年遇到了這些事喔！」

玉雪心中暗暗許下承諾，才離開那個地方。

玉雪的故事說完了。聽得屏氣凝神的彌助，聲音抖抖的問：「那……那個叫安天的孩子……他是幽靈嗎？」

「是的，當初他一個人被遺棄在廟裡，大概就餓死或凍死了。」

玉雪輕聲說。

「他怎麼不知道呢？不知道自己已經死了？」彌助又問。

玉雪沒有回答，在一旁的千彌卻靜靜的說：「大概是母親的錯吧！那個叫清子的女人，她緊抓著死去的孩子的魂魄不放啊！」

「為、為什麼？」彌助不解。

「為了讓自己留在世間啊！」千彌冷笑道：「清子為了守護孩子而變成鬼，可是如果孩子不在了，她也就不能留下來。所以，她把孩子的魂魄和自己綁在一起，讓他以為自己還活著……安天這個孩子，一直都被母親操控著啊！」

「他們之間的死結，就是玉雪把它切斷的啊！」彌助說。

玉雪被他的目光盯著，有些難為情的說：「我沒有那麼偉大啦……要不是月夜王公助我一臂之力，我也辦不到啊！」

「哪裡，是玉雪姊的功勞啦！那麼，今天妳一個人蹲在寺廟前……是在對安天說話嗎？」彌助想起當時的情景。

「是的，我向他報告了許多事。我說的話，一定會乘著風，傳達到安天少爺那裡吧！」玉雪說。

「原來如此……那妳說了什麼呢？」彌助又問。

玉雪沒有回答，只是溫柔的看著充滿好奇的彌助。自從她遇見安天以後，已經過了好幾年，這段期間又發生好多事。其中最重要的，就是她找到一直在尋找的孩子。

可愛的智太郎，雖然他已經不叫這個名字，但是他還好好的活著，而且被健康活潑的養大，這比什麼都令玉雪高興。

我也找到屬於我的幸福了，這就是我今天告訴安天的話。

玉雪在心裡說。可是，這些話她只想讓安天和自己知道。所以，她只是微微一笑，回答：「這是祕密。」

冬日寒空 月不再圓

1

在一個飄著細雪的冬夜，王妖狐族的族長家裡，誕生了一對雙胞胎。先出生的是姊姊，緊跟在後頭出生的是弟弟。

兩個嬰兒被棉袍包裹著，只要看過他們的人，無一不被他們的可愛臉蛋吸引，讚嘆不已。這對雙胞胎有如無價之寶，等到他們長大了，一定會擄獲無數人的心。

雙胞胎像寶物一般被呵護照顧，順利長大。隨著他們成長，外表也越發美麗光彩。雖然兩人長得很像，卻具有不同的美感。

總是面帶微笑，溫柔待人的是姊姊，英挺俊秀的是弟弟。如果說姊姊像珍珠，那麼弟弟就是月亮，旁邊的人都這麼讚美他們。

但是，雙胞胎姊弟並不是很喜歡這種讚美，尤其是弟弟。他的個性有點孤僻，而且自從懂事以後，對人事的好惡就非常強烈。他對不喜歡的人總是漠不關心，對喜歡的人卻是竭盡心力奉獻。

弟弟最愛的，就是他的姊姊。

「你最好多笑一點。」姊姊綺晶經常這麼說。

每每聽到這話，弟弟雪耶就回答：「我對該笑的人就會笑啊！」

「是嗎？我看你老是只對我笑啊！」綺晶說。

「那不就夠了嗎？」雪耶回答。

「眞拿你沒辦法！」綺晶笑著搖頭。其實她有點爲弟弟擔心，如果弟弟能對身邊的人多敞開一點心胸就好了。

私心愛慕雪耶的妖怪少女不計其數，可是，無論她們長得再怎麼可愛，雪耶好像都不放進眼裡。

「你至少該交個朋友。看你老是說這人討厭，那人無聊，這樣下去，你會徹底孤獨一人喔，實在教我擔心啊！」綺晶繼續說。

「孤獨？妳怎麼說這種奇怪的話呢？我有姊姊啊！我不是一個人啊！」雪耶理直氣壯的回道。

綺晶聽了，神情有點複雜的說：「是啊！我們是雙胞胎，這個羈絆永遠不會切斷。可是，我們不能一直這樣下去啊！」

「咦……？」雪耶似乎不懂。

「除了我以外，請你找一個能共度快樂時光的人。這樣我也才能安心。」綺晶說。

「好吧！只要能讓姊姊安心，我就試試看。」雪耶勉爲其難的答應。

但是，雪耶眞的實現和綺晶的約定，卻是很久以後的事了。

2

雪耶發現姊姊忽然不見了，不禁著急起來。

有時候，綺晶會不告訴雪耶一聲，就離開他身邊。雪耶不喜歡綺晶這樣，如果不知道姊姊在哪裡，他就會感到不安。

雪耶耐著性子，到處尋找姊姊。最後，他發現綺晶在庭園中，獨自坐在一根巨大的松樹枝幹上，望著紛紛飄落的雪花。

綺晶發覺弟弟走近，淘氣的笑道：「唉呀，被你找到了！你也來吧！坐在高處往下看冬天景色，很美喔！」

雪耶看見姊姊，安下了心，提起腳輕輕躍上綺晶坐的樹幹。原來如此，眞是個好景點。只見腳下的庭園白雪皚皚，偌大的池塘也凍結成銀白色。

這時候，大宅裡忽然傳來太鼓的聲音，那是大門打開的信號。

雙胞胎姊弟互看一眼，雪耶說：「姊姊，家裡有來客了。」

「一定是五大長老來拜訪父王吧！今年又逢黃泉之年啊！」綺晶說。

每隔數十年，地底黃泉的暗黑之力會往上升，瀰漫覆蓋整個世間。它的力量太強大，所有東西都會被薰染上黑暗，其中法力弱小的妖怪和付喪神，大多會承受不住而扭曲變形。爲了防止這個狀況，妖怪界

必須舉行封鎖黃泉的祈禱儀式。

這個儀式得挑選兩名舞手，揮舞破魔劍，跳驅逐暗黑之力的劍舞。而被選上當舞手的，必須是法力很強的妖怪。

雪耶正在想，不知道今年將會選誰當舞手，卻聽綺晶說：「我剛剛看見，今年當選舞手的，其中一個是雪耶喔！」

綺晶擁有一點透視未來的法力，即使她不想運用，偶爾也會有幻影出現在她眼前。

「那麼，姊姊就是第二個舞手了！」雪耶說。

「那就不可能了。雖然你的法力很強，我卻……比不上啊！」原來，隨著他們成長，雪耶的法力愈來愈強，幾乎所向無敵，可是，綺晶的法力卻一直很微弱。

雪耶聽了，不悅的說：「沒關係啊！我會使出兩倍力道，把姊姊的份也使出來，將暗黑之力趕回去！」

「那更不行了！兩名舞手必須力道相當，這個你也知道吧？」綺晶馬上搖頭。

「知道啦……可是，我不服氣。」雪耶說。他覺得自己和姊姊是雙胞胎，無論做什麼都應該在一起。尤其是，如果要他和綺晶以外的對手跳劍舞，想起來就反胃。

「那麼，另一個舞手是誰，妳看到了嗎？」雪耶不情願的問。

「不，我看不到他的臉。可是……他發出非常聖潔的氣息。那樣的舞手，一定會和你登對吧！」綺晶說。

這時，有誰在呼喚雪耶的名字。他們往下看，只見父王站在大宅的廊簷下，高聲道：「雪耶，你過來，五大長老說要見你。」

「看吧！父王在催促了，你趕快去吧！」綺晶微笑著推推弟弟，雪耶只好不甘不願的跳下樹幹。

他一走進大廳裡邊的客席，就見到五位長老並列而坐，正在等他。

「果然名不虛傳，這位就是俊美無雙的王妖狐少主啊！」其中一位長老讚嘆。

「確實，妖氣也很強大啊！」另一位長老說。

「那麼就決定了！」

「決定了！」

長老們一點都不給雪耶發言的機會，三兩下就選定他當劍舞的第一名舞手。雪耶雖然心中不悅，也只有低頭行禮：「遵命，我會努力完成任務。」

接著，他還是忍不住開口了：「恕我冒昧，請問另一名舞手是誰呢？」

「這個……還沒有決定哪！」一位長老說。

「那麼，請務必選我的姊姊……」雪耶請求。

「不，雪耶，她不行。」父王竟然立刻否決：「這件事對綺晶的負擔太重，其實另一名舞手的人選已經有了。如果不選他，似乎也找不到和你相當的對手了。」

「既然都知道了，爲什麼說還沒決定呢？」雪耶不服氣的問。

「因爲他不肯答應啊！」父王無奈的說。

「啊？」雪耶大吃一驚，說不出話來。他從沒想過，居然有人會拒絕當劍舞的舞手。就連這麼孤傲的自己，不也都答應了嗎？

對著瞪大眼睛的雪耶，五大長老開始你一言我一語的說：「少主，請去勸服那位人選好嗎？」

「是啊！請親自去邀請他一起來跳劍舞。」

「無論用什麼方法，都請少主去勸勸他呀！」

結果，雪耶一口氣被迫接了兩個麻煩的任務。

3

翌日，雪耶獨自降臨風鳴山的山頂。

風鳴山是一座險峻的山，狂風怒吼，草木不生。聽說那個妖怪就住在這座陰鬱的山上。

雪耶嘖了一聲，怨道：「有膽拒絕跳劍舞的，可真是個不肖之徒啊！」

據說那個妖怪形單影隻，沒有兄弟姊妹，是從大自然的氣蘊中偶然孕育出來的。因為如此，他對任何人都沒有奉獻的感情或意欲。但是，既然生來具有強大的法力，不就更應該守護弱小嗎？

總之，雪耶覺得很煩，他只想趕快說服對方，交了差才能回去姊姊身邊。

雪耶心想，要是對方不聽，乾脆就用法力制伏他。於是，雪耶大聲呼喚：「白嵐君！」

呼嘯不止的狂風，一瞬間忽然停了。接著，出現一個年輕人。

那是一個身材清瘦、皮膚雪白的青年。他穿著淺黑色的長袍，一頭深紅色長髮隨意披散，發出豔麗的光澤。最吸引人的是他的臉，打從第一眼，雪耶就不由得心下佩服。這可是他生平第一次，看見和自己姊弟同樣俊美的臉。

如果換算成人類年紀，那個妖怪應該有十七或十八歲了。他的鼻梁挺直，嘴唇緊抿，卻發出一種色香之氣，和雪耶五官端正的帥氣不同，那是一種壓抑不住的風華絕色。但是他的臉上毫無表情，顯得很不自然。

最奇特的是那青年的眼睛。他的眼球是非常奇異的銀色，只是他不但完全沒正眼看雪耶一下，還故意將視線往旁邊挪開。

青年開口了：「你是誰？」他的聲音毫無力氣，給人一種凡事都不關己也無所謂的感覺。

不過，雪耶可不退縮。他大氣的報上名號：「我是王妖狐族的雪耶，你可就是白嵐君？我討厭拐彎抹角，就直接說了。請你和我聯手跳封鎖黃泉之力的劍舞。」

「不要！」白嵐二話不說就拒絕了：「我已經向五大長老推辭了。我也最不喜歡麻煩。」

「不跳這個舞會怎麼樣，你知道嗎？」雪耶耐心的說。

「聽說了。那也跟我沒關係。」白嵐滿不在乎的答道。

雪耶強忍心中的怒氣，一邊暗嘆這個傢伙真難搞。他知道，白嵐絕對是個法力高強的妖怪，就是站在對面，也能感覺到他傳來的力量。雪耶暗忖，白嵐的法力可能和自己差不多，甚至更高一點。要是他稍微弱些，就能用法力制伏他了啊！

但是事到如今，雪耶也不能打退堂鼓了。

「那麼，我們來一決勝負吧！無論比什麼都行，只要是你喜歡的，我就跟你比。」雪耶說。

「你是說，如果你贏了，我就得聽你的？」白嵐問。

「是啊！如果是你贏了，我也聽你的。」雪耶答。

「你眞是個……怪妖！」白嵐似乎有點改變心意了，雪耶知道他對這個挑戰感興趣。

「那麼，你接受了？」雪耶問。

「好吧！」白嵐終於點頭。

「那我們比什麼？」雪耶又問。

「什麼都好。是你先提議的，就你決定吧！」白嵐乾脆的說。

「你可眞怕麻煩！這樣你會吃虧喔！」雪耶一邊抱怨，一邊煩惱該比什麼。

他很清楚不能比法力。如果來硬的，他們很可能會把整座山踢翻。

可是，如果比遊戲或才藝，白嵐一定沒經驗。雖然這對雪耶有利，他卻不願占白嵐的便宜。

這時，正好有一片雪花飄下來，落在跟前。雪耶忽然想到：「那麼，我們來玩雪怎麼樣？用雪做一個自己喜歡的東西。對了！做一個自認爲最美麗的東西，看誰做得好。這樣公平吧？」

「好吧……要是我贏了，你就得聽我的！」白嵐說。

「當然！要是我贏了，你就得答應跳劍舞！」雪耶說。

「好，一言爲定。」白嵐點頭。

「那就開始吧！」雪耶也點頭。

雪耶把手插進簇新的積雪當中，使出法術。積雪開始動了，它依著雪耶腦中描繪的圖像，自行往上堆積成型。連三次呼吸都不到的時間，塑像就完成了。

「做好了！」雪耶喊道。

只見白嵐捧著一個雪球，往這邊走來。當他站到雪耶身旁，忍不住瞪大眼睛：「這……是誰啊？」

「是我的姊姊。我認爲世界上最美麗的，就是姊姊。」雪耶說。

是的，雪耶做的是綺晶的雕像，跟她本人分毫不差。雕像微偏著頭的可愛動作和溫柔微笑的表情，都栩栩如生。

白嵐看了雕像一會兒，終於點頭說：「的確……很美！」

「沒錯吧！那你做的是什麼？」雪耶很得意。

「是這個。」白嵐把雪球捧上前。

雪耶睁大眼睛一看再看，卻怎麼都瞧不出端倪。「這……到底是什麼？」他只好問。

「是月亮。我想做一個月亮……只是，用雪做還是挺難啊！」白嵐有些無奈。

「那樣的東西，用雪做才是奇怪啊！你喜歡月亮嗎？」雪耶好奇的問。

「是，我看著夜空的月光，就覺得很美……也很羨慕。在暗夜裡獨自發出銀色的光輝……我也想變成月亮，卻變不成。」白嵐像是在自言自語。說完，他才轉向雪耶，卻依然不直視他的眼睛：「看來這比賽是我居下風了！」

「你是要我自己判贏嗎？未免太沒誠意了！」雪耶卻說。

「你很難搞啊！」白嵐說。

「這話該還給你！」雪耶立刻回嘴。

白嵐沉默了一會兒，才緩緩點頭：「好吧！我承認輸了，就聽你的。」

「那麼你答應跳劍舞了？好，這就開始練習吧！」雪耶迫不及待的說。

「眞煩哪！」白嵐抱怨。

「離演出當夜已經剩沒多少天了，今天開始都嫌太遲哪！」雪耶斥責白嵐，心底卻覺得有點不可思議。

他對旁人從來不感興趣，可是，對這個白嵐卻有一種特別的感覺。

過了一段時日，雪耶才明白，他之所以對白嵐產生興趣和好奇心，是因爲他視白嵐爲旗鼓相當的對手。

4

從那天開始，雪耶和白嵐每天碰面，一起練習劍舞。

白嵐的學習能力很強，幾乎可說是太強了，令示範的雪耶有點著急。另一方面，雪耶也覺得有一個能讓自己著急的對手，可真是新鮮的經驗。

承認對手與自己才能相當，雖然有些遺憾，卻又很高興。這種互相競爭的快樂，是雪耶從姊姊身上感受不到的。

白嵐似乎也有同樣的感覺，逐漸接受雪耶的存在。他依舊不正眼看著雪耶，卻開始多話了，表情也變得柔和起來。

當他們認識的第十天，雪耶比平常早收起劍，說：「今天就到此爲止吧！」

「那……你要回去了？」白嵐問。

「是啊！有什麼問題嗎？」雪耶覺得奇怪。

「不……只是，以爲可以跟你多說點話。今天……比平常早結束啊！」白嵐吞吞吐吐，雪耶忍不住反問：「你該不會覺得寂寞吧？」

他原本只是調侃，沒想到白嵐卻認眞的答道：「是寂寞。雖然我自己都很意外，但我好像有點喜歡你。」

雪耶不知該如何回答。

「想到你要回去了，我的胸中就生出一股寒氣，這有點奇怪啊！」白嵐又說。

雪耶不禁仰頭暗嘆，這傢伙未免太誠實，或是說太魯直了！

「你啊……就不會說得好聽一點嗎？像是我很寂寞，請多留一會兒等等，總有別的說法呀！」雪耶教訓他。

「我要是那樣說，你就會留下來嗎？」白嵐還是一副認眞的表情，雪耶忍不住笑出聲來。

「啊，我好像也有點喜歡你。跟你在一起，就不會覺得無聊。」他這樣回答。

雪耶和白嵐正式交友之後，還是每天見面。他們一起練習劍舞，練完就並肩坐下來，看著天光雲影說話。

有一天，雪耶一邊擦拭佩劍，一邊對身旁的白嵐說：「你記得我們第一次見面時，曾經比賽過嗎？」

「應該說是你要求比賽的啊！」白嵐說。

「不要計較那麼多嘛！雖說那時候是我贏了……但如果換成是你贏了，你到底會想要我做什麼呢？」

面對雪耶的疑問，白嵐竟低下頭，說：「我想要……請你將我的眼睛取出來。」

「眼睛？爲什麼……？」雪耶大吃一驚。

「我的眼睛會招引禍害，是能把對方的魂魄吞掉的邪眼！」白嵐自暴自棄的說：「我只要和誰互相對到眼，目光交會的時候，對方就會……迷上我。他們會拋棄自己的夫妻或父母子女，不顧一切的追隨我。我雖然覺得愧疚，卻什麼也做不了。因爲我完全無法壓抑自己眼睛的力量啊！」

「原來如此，所以你才會到現在都不正眼看我一下？」雪耶沉默了一會兒，才問道。

「是的，好不容易才交上的朋友，我不想再失去啊！」白嵐說。

「這你就小看我了！我怎麼會迷上你啊？」雪耶不服氣的說。

「也許不會，因爲你太強了。可是，我不願冒那個險。拜託，拜託你，從今以後都不要直視我的眼睛。我的眼睛……眞的很危險哪！」白嵐語帶顫抖，緩緩述說起自己的過去。

當他誕生在這個世上時，就是孤獨一人。他的眼前只有無邊無際的黑暗。他不知道要做什麼，也不知道要去哪裡，只能茫然的站在那裡。

不知過了多久，他聽到背後傳來一個聲音：「你怎麼了？小弟，怎麼一個人在這裡？」

他轉過身去，看見一個女妖怪。她長得跟青蛙一模一樣，不過看起來脾氣很好。當她一見到他的臉，忍不住驚呼：「唉呀，好漂亮的孩子！你沒事嗎？有什麼困難嗎？」

終於不再一個人，終於聽到溫柔的言語，令他覺得很高興，也鬆了一口氣。於是，他直視那妖怪的眼睛，微笑起來。

忽然，那女妖的表情變了！她嚥下一口氣，眼睛發出燃燒般的熾熱火光。

女妖的聲音也起了異樣，她一邊靠近，一邊用黏答答的口吻說道：

「你要是沒地方去，就來我這兒吧！好啦好啦！跟我來嘛！」

於是，他就跟著女妖回家了。

女妖名叫葦音，她帶他回去位於沼澤地的住家。葦音非常熱心的照顧他，又給他取名叫「小月」。

「我看見你的時候，覺得你就像月亮呢！所以，你就是我的月亮。你是爲我照亮黑暗，一輪小小的明月啊！」葦音像母親般抱住小月，萬分憐愛。但是，安寧的日子沒過多久，葦音卻愈來愈古怪了。

首先，她不再讓小月到外面玩。她說：「你長得這麼好看，要是碰上邪惡的妖怪，把你拐走怎麼辦？還有，你要是覺得外頭好玩，是不是就不回家了？那我可受不了呀！你哪兒都不能去，要永遠待在我身邊！」

葦音從此不允許小月離開她身邊一步，即使小月哀求：「我非常喜歡妳，絕對不會溜走。」葦音依然不爲所動。

接著，葦音開始絕食。小月不免擔心，她卻只是深深的凝視著他，眼神充滿卑屈：「我不如就這樣消失算了，我配不上你！我知道我又老又醜，你卻又年輕又漂亮……哇，好痛苦、好痛苦啊！」

有時候前一秒才在唉聲嘆氣，下一刻葦音卻又衝上前，對小月說：「你一定是想離開我對不對？你只想拋棄我這老蛤蟆，去找年輕可愛的妖怪對不對？我知道啦！你這個不肖子，我苦心養育你，你卻要拋棄我！你太無情、太無情了！」

面對又哭又叫，緊緊抓著自己不放的葦音，小月完全束手無策。

最後，那一夜終於來了。

為了要讓葦音吃好一點，小月到池塘裡抓泥鰍。忽然，他看見葦音從家中出來。她已經瘦成皮包骨，身上鬆弛的肌膚搖搖晃晃的下垂，手裡抓著一個亮亮的東西。那是一把毒蛇牙做的短刀，黑色的毒液從刀尖不斷往下滴。

小月嚇得愣住了，葦音瞪著他，眼神非常可怕：「你不是月亮，你是狂風，是白色的狂嵐！你把我的心攪亂，欺騙我的感情……我知道，當我看見你眼睛的時候，我就不再是我了！對不起，我非這麼做不可……！」她一邊說，一邊舉起短刀刺向小月。小月心想，我就要死了！可是，我還不想死啊！

小月不願被喜歡的對象殺掉。他以爲只要自己耐心等待，葦音終有一天會變回從前的樣子。所以，他還不想死。

就是這麼一個深切的念願，竟然把他體內潛藏的力量釋放出來了！

他不記得那瞬間發生的事，只感覺有個像火一般灼熱，又像冰一般寒冷的東西，猛力衝破他的身體，彷彿一陣狂風疾馳而出。

當小月回過神來，才驚覺他的身體已經長成大人模樣了。四肢結實，身形修長，體內充滿強大的力量。

確定自己眞的長大成人了，小月很高興，他以爲這樣就能解救葦音。

但是，當他回頭一看，剛才的快樂頓時煙消雲散。

只見葦音躺在地上，身體裂成了兩半。

意識到是自己造成的，那一刻，小月就死了。應該說，他的心死了。

他無法再留在原地，逃也似的衝出沼澤地。

從那天起，他到處流浪，無論到哪裡都待不久。因爲，不管他遇到誰，只要彼此對上視線，就會發生和葦音一模一樣的事。對方會迷上他，會爲他掀起醜惡的爭執或殺戮。

「白嵐」，不知從什麼時候開始，大家都這樣叫他。他被仰慕、被憎恨、被追逐、被獵殺……。

在無數次逃亡之後，白嵐已經厭棄這個世界了。這傢伙要追捕他，那傢伙要傷害他，沒有一個不陷入瘋狂……他再也不要和任何妖怪往來了！

正好那時候，他得知有座沒人住的風鳴山，便決定當作自己的棲身之地。白嵐下定決心，要守著這座山，直到壽命終結之時，就此孤獨活著。

然而那一天，有個妖怪不請自來。他擁有和自己同等的法力，而且還像月亮一般俊美……。

對著啞然無言的雪耶，白嵐悲愴的笑道：「當我看見你的時候，以為你真是月亮的化身……如果當初葦音碰上的是你，就不會有那樣的下場了！」

「對不住……讓你想起過去的不幸。」雪耶沉默許久才說。

「沒關係……可是，請答應我，絕不要和我對上眼睛。我知道你的法力高強，但是……我害怕也失去你。」白嵐嘶啞的嗓音，令雪耶領會到他的傷口有多深。眼前這個人，一次又一次受傷，魂魄幾乎要碎成片片了。雪耶心中不禁苦悶起來。

「明白了。我絕對不會直視你的眼睛，我答應你。」雪耶嚴肅的說。

「謝謝。」白嵐似乎放下心，輕輕笑了起來。

5

雪耶和白嵐的友情一日比一日深長。

因爲吐露了過去，白嵐大概心情放鬆些，變得比較開朗，只要雪耶來了，就會浮出笑容。而當雪耶要回去了，他也會露出寂寞的表情。

對於這個朋友，雪耶有種說不出的喜愛。他希望被白嵐依靠，如果白嵐需要，要他做什麼都可以。因爲白嵐心靈受過創傷，雪耶很想盡力撫平他的傷痕。

但是，妖怪界裡卻有好事之徒在背後批評雪耶。他們說，王妖狐族的少主對白色妖魔太好了，其實是不應該的。

雪耶只要聽到這類謠言，就會非常憤怒。他不是自認委屈，而是為白嵐感到不平。

不過，也不是所有妖怪都跟他們作對。有一天，當他倆正專心練劍時，忽然頭上傳來清脆的聲音：「呵呵，世間稀有的兩名美男子湊在一起，可真是好風景啊！」

他們抬頭看去，只見大岩石上站著一個少女。她雪白的長髮迎風飄拂，金色的眼珠光輝閃亮，身穿松綠色的和服，鑲繡金銀雙線的龍紋，白色腰帶上描繪豔紅的火焰圖樣。這種大膽刺眼的配色，穿在那個少女身上，卻一點都不顯怪異。

少女散發出成熟高貴的氣質，微微笑道：「好厲害啊！雪耶君和白嵐君，我可等不及要看封鎖黃泉之夜的劍舞了！」

「妳是誰啊？」白嵐不可思議的問。

另一邊，認識那少女的雪耶苦笑道：「我可不喜歡被人偷看哪！王蜜公主，妳來做什麼？」

「當然是來看你們練劍，我對美麗的東西最有興趣了！」說完，妖貓族的王蜜公主就輕巧的躍下來，站在他倆中間。

「這陣子有不少謠言哪！雪耶君，聽說你被白嵐君糾纏上了！」她對雪耶說。

「是嗎？還有傢伙敢說那種話呀！快告訴我是誰？」雪耶忿忿的說。

「你想去教訓他們嗎？算了吧！沒用的。風涼話這種東西只會像蚊蟲般孳生，尤其你們是遭人嫉妒，就更不可能要他們閉嘴了！」王蜜公主勸他。

「嫉妒？」雪耶和白嵐疑惑的面面相覷。當然，白嵐還是低垂著眼睛。

看著他們兩個，王蜜公主不禁咯咯笑起來：「你們都不知道嗎？眞是太遲鈍了！因爲你們兩個都長得太好了，至今有多少妖怪拼命想接近你們啊！可是你們卻旁若無人，一點都不關心他們，難道不是嗎？」

雪耶和白嵐啞口無言。

「不但如此，你們兩個還總黏在一起，這樣就更沒人能靠近了！

你們倆的氣勢合起來有多麼光輝強大，就連我都覺得頭暈目眩啊！」就是這樣，雪耶和白嵐遭到其他妖怪嫉妒。因爲他們的耀眼氣場誰都無法接近，自然心生忌恨。

「所以，那些閒話是不會停止了？」雪耶無奈的問。

「是啊！愈是光亮的地方，背後的陰影也就愈晦暗，要是太在意，可就煩惱不完了！看你們現在的樣子，很幸福快樂不是嗎？」王蜜公主道。

雪耶和白嵐立刻同時點頭。

「認識白嵐以後，平凡的日子也變得很愉快！」雪耶說。

「那才是我該說的。認識雪耶之前，我看見的所有東西都是灰色的，現在卻發出光彩了。他願意和我這樣的妖怪當朋友，我是打從心底感激。」白嵐說。

「喂喂，不要在我面前相親相愛啊！總之，只要你們覺得幸福就好，周遭的閒言閒語別去理會就罷了！」王蜜公主笑道。

白嵐感嘆的對王蜜公主說：「眞是個有氣度的公主……我佩服妳！」

「呵呵呵，那可太榮幸了！對了，雪耶君，」王蜜公主忽然轉向雪耶：「找個機會，把你的姊姊介紹給我認識好嗎？」

「我絕對不會給妳那種機會。我怎能把心愛的姊姊介紹給妳這種危險的公主呢！」雪耶一口拒絕。

「又來了！你可眞不懂禮貌……算了！今天就此告辭。你們兩個還挺有趣，我會再來看你們，也讓我當朋友吧！」王蜜公主說完，忽的就消失了。

「她是……危險的公主？看起來確實不太簡單……」白嵐問雪耶。

「畢竟是妖貓一族的公主啊！最可怕的是她有個惡習，只要看上誰的魂魄，就會把它拔出來放在自己身邊。所以說，我絕對不會讓她見我的姊姊。」雪耶皺著眉說。

「原來如此。」白嵐點頭。

這時，雪耶忽然深吸一口氣，說：「白嵐。」

「什麼事？」

「我也不想讓你見我的姊姊。雖然你對我很重要，姊姊卻是我這輩子最親愛的家人。即使可能性不到萬一，我也不願看見姊姊被你的邪眼盯上。我知道這話很殘忍，可是恕我不能退讓。」雪耶正色說道。

白嵐聽了，一點都不生氣，點頭說：「我也認為這樣才好。萬一我見到你的姊姊，發生什麼意外就慘了，我再也不願遭遇那種事了！」

「對不住。」雪耶低頭。

「不用掛意。我只要有你這個朋友，就足夠了！繼續練習吧，我想讓這場劍舞順利演出啊！」白嵐說。

「嗯，我也是！」雪耶說完，他們就各自舉起劍揮舞起來。

那一年的封鎖黃泉之舞變成傳說，直到很久以後依然被懷念稱頌。

第一個舞手是兼具敏銳和華美氣質的雪耶。他穿著深紅色的長袍，

漆黑的頭髮點綴金子和翡翠串成的珠鍊，身形彷彿是從天上下凡的青春之神。

雪耶的劍舞是很激烈的，他自由自在的揮舞黃金打造的佩劍，劈斬如波濤般洶湧的黑暗。當他旋轉進退的時候，背後的三條長尾就像刀刃似的破風甩動。

在雪耶背後的白嵐，一身純白的長袍，豔紅的頭髮用珍珠和黑玉裝飾，頭上綁著一條薄薄的絲巾，遮住眼睛，但動作之間卻完全感覺不到任何不便。他揮舞著白金打造的佩劍，姿態優美的掃蕩暗黑之力。

兩名默契百分百的舞手，彷彿一心同體的共舞著，令觀賞的妖怪們驚嘆不已。

是的，那場劍舞順利完成了。本來，一切都可以圓滿結束的。

但是，就在那一夜，那個現場，雪耶和白嵐的命運卻發生巨大的轉折。

原來，雪耶的姊姊綺晶墜入愛河了……。

6

「什麼、妳說什麼……？」雪耶的臉色鐵青。綺晶只好再說一次：「所以說，我要出嫁了！當我見到他的第一眼，就知道他是我的對象，除了他沒有別人。我就是在劍舞之夜遇上他的。」

「那一夜……是嗎？」雪耶喃喃自語。

封鎖黃泉之夜已經過了兩個月，雖然完成任務，雪耶還是每天去找白嵐，天南地北聊個沒完，又相偕四處去玩。有時候還加上個王蜜公主，過得好不快樂。

就在雪耶出門的時候，綺晶好像也去和她心儀的男子相會。

「妳、妳竟然隱瞞我這件事？」雪耶怒道。

「如果我告訴你有了對象，你一定會生氣對不對？難保你不會對我心愛的人做出什麼，所以我當然不敢讓你知道了！你就安靜一下聽我說嘛！他是一個很善良正直的妖怪，我跟他在一起愈久，就愈喜歡他。這種感覺是從來沒有過的，連我自己都不敢相信……對了，我忘了告訴你他是誰，他是幽印族的琉桂君。」

面對眼神閃閃發亮的綺晶，雪耶只能把目光轉開。他不想看見這樣的姊姊，也不想再聽她講戀人的話題。

但是，綺晶卻繼續往下說：「我可是盡了最大的努力喔！我不斷說服他，向他撒嬌，跟他賭氣，最後他終於答應娶我爲妻了。」

「啊？妳是說，是妳去追求他的？」雪耶大驚。

「是啊！我知道我再怎麼等，他也絕不會先來追求我的……雪耶，他身上背著很大的重擔啊！」綺晶說。

「重擔？」雪耶不解。

「是的，琉桂君的身體不是很好，而且幽印族的妖怪，和我們懷著不同的妖氣對不對？所以他對我們之間的戀愛，一直猶豫不決。可是，我不希望他因爲這樣就斷念。再說最大的原因，是我忍受不了想要的東西卻得不到的心情，我可沒那麼柔順啊！」綺晶急著解釋。

綺晶說，她堅定的意志奏效了。她不但說服被動的對方，連對方的家人都打點好了。

雪耶沒想到綺晶這麼有行動力，還是說她被戀愛沖昏頭了？對方的魅力真有這麼大，把姊姊的性格都改變了？

綺晶發現雪耶臉色很差，急忙拉住他的手說：「雪耶，不用擔心，我永遠都是你姊姊，你永遠都是我弟弟。無論我嫁到哪裡，我們天生的牽絆都不會改變。請你了解，我雖然選擇嫁給他，可是絕對不會切斷我們之間的親情。」

綺晶拼命安慰雪耶，他卻一點都聽不進去。

直到綺晶說她的未婚夫就要上門拜訪了，雪耶才猛然回過神來：「他要來了？來我們家？」

「是的，琉桂君要來提親了，請你一定要和他見一面。」綺晶懇求道。

太荒唐了！雪耶禁不住大怒。爲什麼他得跟偷走姊姊芳心的對象打招呼？他衝出房間，頭也不回的逃走了。

在大門附近，雪耶看到正往這邊走來的妖怪一行。錯身而過時，他瞥見那個似乎是綺晶說的對象。

那是一個很平凡的妖怪，看起來挺安靜，有一張溫和的白臉和微胖的身材，除了兩耳上方有一對翡翠色的美麗頭角之外，幾乎沒有吸引人的地方。他的妖力似乎很微弱，不僅是雪耶，連綺晶都比不上。

這麼平凡的傢伙，居然敢接近我姊姊！姊姊也眞是的，竟然看上這樣的男子！

雪耶怒氣沖沖的逃向他唯一的友人住處。「那、那個平凡無能的傢伙，到底有哪裡好啊？可、可惡……」雪耶在白嵐面前又叫又跳，怎麼都無法平靜下來。

事實上，戀愛中的綺晶看起來更美麗了！她的眼睛閃閃發亮，一說起對方，聲音就像彈琴般悅耳。這樣下去，姊姊一定會離自己愈來愈遠，最後消失不見的！

「不行，不行啊！白嵐，不能讓姊姊離開我……」雪耶嚷著。

「你要幹什麼？」白嵐冷靜的問。

「我……我決定了！即使姊姊會憎恨我，我也要……我不能看她這樣下去，絕對、絕對不行！」雪耶似乎下定決心，他的眼睛深處燃燒著熊熊的火焰。

白嵐見他這副模樣，也暗自立下另一個決定。

當雪耶回到家的時候，已經是深夜了。綺晶的未婚夫早已回去，只有父王在等著他。

由於不肯見姊姊的未婚夫而擅自逃家，這行爲實在太過無禮，父王大爲震怒，因而嚴厲斥責他。

雪耶卻還嘴道：「那樣的男子怎麼配得上姊姊？父王也看見了，他的面相平凡，妖氣微弱，要是答應讓他和王妖狐族的公主結婚，豈不太丟臉了！」

「笨蛋！那是你姊姊自己挑選的對象，你竟敢這樣口出惡言？去給我關禁閉，讓腦筋清醒一下！」父王氣得發抖。

於是，雪耶被父王軟禁起來。雖然可以使力打破門出去，他卻故意不這麼做。

父王說，等到綺晶婚禮當天才會放他出去，那麼，他就乖乖等到那一天。不用著急，倒不如趁現在好好培養自己的妖力。

雪耶心中暗笑，背脊頂著牆壁，閉上眼睛。爲了即將到來的那一天，得好好養精蓄銳。

只是，忽然傳來的吵嚷聲，驚醒了雪耶的假寐。

「強盜！有強盜啊！」「是公主的閨房！來、來人啊！」

姊姊的房間被偷襲了？雪耶瞬間彈起來。

他對著牆壁，使盡全力打出一拳。伴隨著巨大的衝擊，整面牆頓時粉碎。

雪耶躍出房外，連氣都來不及多喘一口，便立刻往姊姊的房間衝去。

他穿越廣大的庭園，才剛拐過大宅的屋角，卻倏的停下腳步。

只見夜空中，出現一隻從未見過的巨獸。

那巨獸的外型像一頭鹿，身形清瘦，脖子很長，有著結實卻纖細的四肢。牠的身體覆滿珍珠般的鱗片，閃爍著青白色的光芒，鬃毛和尾巴則都是豔紅色，腳蹄像黑曜石一般漆黑。巨獸只有一隻很大的眼睛，發出像月亮似的銀色光輝。

雖然是第一次見到這頭魔獸，雪耶卻知道牠是誰。即使外型變了，與生俱來的氣質卻沒有變，他不可能認不出來。

「白嵐……」雪耶喃喃道。

但是，當他打算更靠近一點時，卻吃驚得無法動彈。白銀魔獸的背上，竟然是姊姊綺晶。她閉著眼睛，軟綿綿的趴在魔獸身上。

雪耶立刻大吼：「白嵐，你幹什麼？」

「雪耶，我要你的姊姊！」白嵐說。

「你、你說什麼？」雪耶怒道。

「不行嗎？你不是說不願讓姊姊嫁給那妖怪？那麼就送給我好了。我是你的朋友，把你的姊姊讓給我，你就不會失望了！」

「誰、誰說的？我不原諒，絕對不原諒你！」雪耶暴跳如雷。

「爲什麼？」白嵐不解的偏著頭：「我長得很美不是嗎？你知道我的法力也很高強。怎麼樣？我和綺晶很相配吧！你不覺得嗎？」

「那、那是兩回事！爲什麼？你爲什麼做這種荒唐事？」雪耶嘶聲叫道。

白嵐望著叫得聲嘶力竭的雪耶，靜默了一會兒。

接著，白銀魔獸看向天空，微微開口：「這都是你告訴我的。今天你不是說，就算姊姊恨你也無所謂？爲了把姊姊留在身邊，你要消滅那妖怪……」

白嵐說，他

在那時候才知道：「眞正想要的東西，無論付出什麼代價都必須得到。我因爲怕你討厭，一直都不敢行動。直到今天，好不容易才下定決心……其實早在你給我看姊姊的雕像那天，我就想把她據爲己有了！」

雪耶一句話都說不出來。難道是他的錯？他的一句氣話，就把摯友純眞的心靈扭曲了？

他後悔不已，同時，對白嵐的怒氣卻又像鮮血一般噴湧而出。

這時，白嵐背上的鬃毛開始飄動了，像蛇似的捲起暈倒的綺晶，送到身前，與自己正眼相對。

雪耶猛然驚覺，白嵐是想用邪眼誘惑綺晶，掠奪她的心靈，將她束縛終身。

「白嵐，你、你無恥！」雪耶大吼。

「這樣綺晶就會變成我的，只專屬於我的……」白嵐將銀色的眼珠轉向綺晶，再輕輕搖動鬃毛，企圖喚醒她。只要綺晶的眼睛一睜開，就會永遠失去自我了！

雪耶不顧一切的躍上空中，往白嵐撲過去。

接下來發生的事，他不太記得了。只知道當自己回過神來，已經跪在地上，懷裡緊緊擁著綺晶。

「姊姊！姊姊！」雪耶大叫。

「少主，冷靜一下！公主已經沒事了！」

「請少主鎮定點，放開公主吧！」

「少主的傷口也得趕緊醫治啊！」

周圍的屬下們七嘴八舌呼喊，雪耶卻恍若不聞，只是不停呼喚懷抱裡的姊姊。

終於，綺晶睜開雙眼，一見到雪耶，臉色卻霎時發白：「雪、雪耶……」

「姊姊！」雪耶說不出話來，只能緊緊抱住她。

「雪耶……我……對了，白嵐君進我房間……」綺晶微弱的話語飄進雪耶耳中，再度激起他的怒氣。

「姊姊，請放心。從今以後，我不會讓白嵐出現在妳面前。我會追捕他直到天涯海角，命他贖罪！」

「雪、雪耶……」綺晶好像要說什麼。

「不必擔心，交給我就好了，妳先休息吧！來人啊！把我姊姊抬進去。」雪耶高聲命令。

「雪耶，你要去哪裡？」綺晶喊他。

「我要去追捕他……我絕對不會放過他！」雪耶心中湧起強烈的恨意。

只見他仰望夜空，臉上血脈賁張，一頭黑髮竟逐漸褪色，轉眼間已成滿頭銀白，教綺晶不禁打了個寒顫。

在場的每個人都知道，雪耶獵捕白嵐的歲月開始了！

7

從那之後，又過了五十年。對妖怪而言，五十年是眨眼即逝的時光。但是，這段期間雪耶身上卻發生許多事。

首先，他的姊姊綺晶出嫁了。雪耶什麼都沒說，就接受了他的姊夫。這位平凡無奇的妖怪雖然不討他歡喜，卻是跟姊姊兩情相悅結爲連理，他總算可以接受。

或者是說，雪耶沒有多餘心思去憎惡其他對象了！

他彷彿被白嵐的魂魄附身，上天下地、一心一意的追討白嵐，可是無論他如何拼盡全力，總是在最後一刻被白嵐溜掉。一次又一次，雪耶簡直快氣炸了！

另一邊，白嵐彷彿在和雪耶捉迷藏。有時候他會潛藏很久都沒有動靜，有時候又忽然毫無預兆的現身，而且必定是在距離綺晶很近的地方。

白嵐一定是還沒放棄綺晶，一直在伺機接近她。於是，雪耶更加緊張，不敢輕易放鬆戒備。

就在這段日子裡，發生了一件大事。綺晶的丈夫忽然病故了！他原本身體就不好，可能會短命，綺晶心裡也有數。但是，現在丈夫眞的走了，她還是悲傷得無法自已。

雪耶拼命安慰臥床不起的綺晶，但她因爲懷有身孕，康復得很緩慢，令雪耶更加著急。

與此同時，雪耶接到妖怪奉行所的請託，問他願不願意擔任所長。他對這個職位是求之不得，只要當上妖怪奉行所所長，就能握有很大的權力。眼下綺晶因爲失去丈夫而傷心欲絕，白嵐一定正在虎視眈眈，雪耶必須全力阻止他。

知道雪耶接受妖怪奉行所所長的任命時，綺晶躺在床上微笑道：

「恭喜你，雪耶，一定要堅守崗位喔！」

「是。我現在要去向前任妖怪奉行所所長華宵王公致意，不過，完事後我會馬上回來，把這幢大宅的結界特別加強，妳可以安心。」

雪耶再三強調。

「好，好，我沒事的。你放心出去吧！」綺晶點頭。

雪耶出門後沒多久，一位美麗的少女來到綺晶的房間。

「失禮了，綺晶公主。」少女的一頭雪白長髮微微飄拂，臉上露出可愛的微笑：「我是妖貓族的公主，名字有好多個，不過現在大家叫我王蜜公主。」

「我知道妳是誰，謝謝妳來看我。」綺晶說。

「嗯，我本想早點認識妳，可是妳弟弟不准我來。現在終於有幸見到了……當然第一件事得先向妳致哀，公主的夫婿仙逝，實在很令人遺憾啊！」王蜜公主低頭說。

「不，那是……他先天註定的壽命。我從前就知道，卻還是勉強他跟我結婚。」綺晶憂傷的說。

「你們過得幸福嗎？」王蜜公主頓了一下才問。

「是的。」綺晶立即點頭。王蜜公主深深凝視著她，眼睛發出金色的光芒：「其實我今天來，是想問綺晶公主一件事……關於白嵐的事。」

綺晶沉默不語。

「聽說他想把妳擄走，可是我怎麼想，都不認爲白嵐會做那種傻事。他不像是對妳有愛慕之情，倒不如說，對他而言雪耶比妳更重要。」王蜜公主又說。

綺晶還是不答。

「但是，白嵐卻背叛了雪耶。我怎麼都想不通……綺晶公主是不是知道什麼內情？」王蜜公主謹愼的問。

「妳問這個……要做什麼呢？」綺晶終於開口。

「什麼都不做。我只是想解開心中的疑問，所以無論是誰問我，我都不會洩漏出去。」王蜜公主保證。

「我可以相信妳嗎？聽說貓族都是我行我素的……」綺晶遲疑的說。

「貓族是我行我素沒錯。不過，我可是言而有信的。怎麼樣？妳可以告訴我嗎？」王蜜公主仍不放棄。

綺晶沉默好一會兒，才小聲說：「王蜜公主，妳來訪的方式，跟從前白嵐君來的時候一模一樣呢！」

她閉上眼睛，腦海裡清晰浮現那個夜晚的情景。

那天夜裡，綺晶獨自待在房間。雪耶已經回到家，卻被父王斥責軟禁，令她不住嘆息。

爲什麼會變成這樣呢？自己有了心儀的對象，希望弟弟也幫著高興，爲什麼他卻這麼唱反調呢？

當綺晶悶悶不樂的時候，忽然有一陣夜風吹進房裡。

她抬起頭，看見一位優雅的青年站在面前。他低垂著銀色的眼睛，一頭紅髮披散在肩上，輕輕開口道：「失禮了，沒有通報就來打擾。我是……」

「嗯，我知道你是誰。你是雪耶的朋友白嵐君。」綺晶並不驚訝。

「妳怎麼認識我呢？」白嵐覺得奇怪。

「前些日子的封鎖黃泉劍舞，你也是舞手吧？我有去觀看。你美麗的身形，是不可能忘記的。」綺晶說。

「不過，妳並沒有被我迷住。妳看上的是別的男子，而且想要和他結婚。」白嵐說。

「是的，感情眞是奧妙。」綺晶微笑。

「妳看起來很幸福。」白嵐說。

「我是很幸福啊！」綺晶點頭。

「可是我的朋友卻快崩潰了。雪耶他……爲了阻止妳結婚，似乎想做什麼傻事。」白嵐皺起眉頭。

綺晶先是一愣，接著立刻領悟白嵐的意思：「怎麼會……再怎麼樣，他也不該……」

「會的，雪耶說他一定會行動。」白嵐說。

「不、不行……我這就去跟雪耶說。」綺晶著急道。

「無論妳說什麼，他現在都不會聽，也聽不進去的。」白嵐搖頭。

綺晶哭了起來：「爲、爲什麼會這樣？我不願失去心愛的人，也不願憎恨弟弟。我、我有那麼自私嗎？那麼不通情理嗎……？」

對著哭泣的綺晶，白嵐冷靜的說：「妳要什麼時候哭都可以，不過請妳先聽我說。現在雪耶滿心怨恨妳的戀人，要打開他的心結幾乎不可能，所以，我必須轉移他的注意力。請綺晶公主也助我一臂之力好嗎？」

接著，白嵐告訴綺晶他心中的計畫。聽完之後，綺晶驚慌的連連搖頭：「絕對不行！那、那麼一來，你會變成他唯一的箭靶！」

「沒關係的，綺晶公主。」白嵐平靜的說：「我從雪耶那裡得到許多，是應該還他的……今夜我會依計畫行動，並將我的謊言保密到此生的最後。請妳一定要幫我守住祕密。」語畢，白嵐上前一步，靠近綺晶。

綺晶的心思紊亂，她有很多話想說，卻無法整理心緒，說不出口。最後，她勉強道：「我祈禱有一天，你會遇見生命中的無價之寶，眞正和你心連心的對象。」

「那麼請妳爲雪耶祈禱吧！我……是不可能了！」白嵐低聲說。

「眞是太對不起你了！爲了我們姊弟這樣犧牲。」綺晶語中帶淚。

「不算什麼。」白嵐輕輕一笑，伸手往綺晶脖子的經脈打去。

綺晶隨即失去意識。後來她是如何被白嵐擄去，雪耶又是如何爲她奮戰，從白嵐手中將她奪回來，這些她都是事後才聽說的。得知經過的時候，綺晶眞是淚流不止。

如果，雪耶殘害自己的未婚夫，綺晶絕不會原諒他，她終生都會恨這個弟弟，而且永遠不再見他。另一邊，被姊姊斷絕關係的雪耶，一定也會心碎。

爲了避免姊弟反目的悲劇發生，白嵐比誰都心急。他只要救得了綺晶，就能救雪耶。所以，他只得將雪耶的憎惡移轉到自己身上，用最決絕的方式背叛他。

一切如白嵐所料，雪耶的憤怒和憎恨全轉到了他身上。拜他所賜，綺晶才順利出嫁，雪耶的心靈也沒有破碎。

只是，白嵐獨自背負了無比沉重的冤罪，獨自一人……。

綺晶說完這些往事，只是低頭嘆息。王蜜公主似乎明白了：「原來如此，不出我所料……綺晶公主，妳的心裡一定很苦吧！一個人堅守祕密五十年，可眞漫長啊！」

「不，我只是……膽怯無能。我在心底不斷向白嵐道歉，卻又只顧守著自己的幸福。我這是利用了白嵐的好意，又犧牲了他啊！」

「妳不用這麼自責啊！」王蜜公主說。

「可是……」綺晶欲言又止。

王蜜公主瞇起眼睛說：「爲了守護此生唯一的朋友而選擇孤獨，這是白嵐自己做的決定。如果當初綺晶公主拒絕了白嵐，他還是會實行同樣的計畫吧！」

綺晶無語。

「所以說，妳也不用一直責備自己，那是沒有意義的！」妖貓公主說話直接，聲音卻很溫柔。綺晶覺得自己心中的枷鎖，稍微解開一點了。

「謝謝妳，王蜜公主。」綺晶說。

「哪裡！我說過，我只是想解開謎底。現在我明白了，就此告辭吧。要是再不走，被妳弟弟發現了，可要跟我沒完沒了……祝妳平安生下寶寶。」王蜜公主說完，就消失無蹤。

綺晶輕撫自己的肚子。爲了這個孩子，她還要多活一些時日。

綺晶知道，生下這個孩子會用盡自己的生命，她已經預見了。但是，她早已有所覺悟。

「抱歉啊！雪耶。到頭來，我還是會令你傷心。可是，我已經決定了，無論如何，都要生下這個孩子。」綺晶默默的在心裡說。

忽然，她發覺自己和白嵐其實是一樣的。他們都做了選擇，而且承擔了後果。他們爲了自己的選擇必須忍受苦痛，但是他們絕不後悔。

終於，綺晶微微笑了出來：「雖然白嵐說他已經不可能了……我還是祈禱他會再次得到幸福。」

當雪耶回來的時候，綺晶臉上還掛著微笑。

「姊姊……妳心情變好了？」雪耶有些驚訝。

「是的，我很好。你呢？去見華宵王公還順利嗎？」綺晶問。

「很順利，我也拜領了新的稱號。今後我就叫做月夜王公。」雪耶說。

「月夜王公……真是個好名字啊！」綺晶開心的笑了。

半個月後，綺晶生了一個男嬰。然後，她就像椿花一般悄然落地，離開世界了。

8

當白嵐聽聞綺晶的死訊時，心中不禁湧起極大的波瀾。

最親愛的姊姊走了，他會怎麼樣呢？

白嵐無法按捺心情，便趁著暗夜悄悄靠近雪耶的大宅。

雖然他極力不發出聲息，然而他的腳跟剛落在庭園一角，雪耶就從屋內現身了。

他憔悴的面容，令白嵐心中痛惜。

不過，出乎意料的是，雪耶竟主動對著白嵐的方向朗聲道：「是你來了吧！白嵐。」

白嵐按下心中的訝異，從暗處緩緩現身，向雪耶走去。兩人相對而立，雪耶的神色卻很平靜，既沒有憤怒，也沒有憎惡。白嵐不安的開口：「怎麼了，雪耶？看起來魂不守舍，不像原來的你啊！」

但是，雪耶卻不答話，只是悠悠笑道：「白嵐啊，我收養了那孩子，姊姊的孩子。我答應姊姊，無論發生什麼事，都要守護他長大。所以，今後那孩子就是我生命的全部了。」

「那孩子就是綺晶的化身嗎？」白嵐問。

「不，他不可能是綺晶的化身。雖然他繼承了綺晶的血脈，卻不能代替他母親。不過就算如此，我……我以後還是只想顧著這孩子，也許有一天，我會眞正愛他也不一定。」雪耶低聲說。

「你好像變軟弱了，不像從前的雪耶啊！」白嵐故作輕鬆的說。

「不像從前的我？那是當然了！現在的我，已經失去身體的另一半……姊姊去世以後，我覺得自己的意識好像從軀殼裡被抽出來了。沒想到也因爲如此，過去許多看不見的人和事，竟然開始看得清楚……譬如說，你和綺晶的事。」雪耶緩緩道。

白嵐頓時語塞。

「你說，你一開始就對我姊姊著迷，可是，我卻完全沒有注意到。那是因爲，你根本就沒有那種熱情啊！」雪耶的聲音十分冷靜，他就快要揭穿眞相了。

不行，白嵐心中開始著急。只要雪耶發覺眞相，他一定會後悔，後悔為什麼沒有早點醒悟。

最重要的是，即使眞相大白，他們也無法恢復從前的友情了。

如果雪耶知道白嵐為他犧牲，一定會後悔一輩子。而這樣的悔恨將成為他們之間的疙瘩，碰不得化不開，使得白嵐只能和他保持距離，無法隨心所欲的來往。如此一來，也稱不上是朋友了。

白嵐忽然一躍而起，張開兩隻大眼朝雪耶撲去，徒手一劈，巨大掌勢帶起的的刀刃風，直接劃過雪耶的臉頰，登時血花四濺。

面對僵在原地的雪耶，白嵐放聲大笑。若是不笑的話，他怕自己要哭出來了。

「你說的可眞無聊！全是沒有意義的人情話。如果有那種時間，還不如陪我玩玩。來啊！來給我取樂吧！」

「可惡！」

雪耶的眼睛燃起怒火。

這就是了！

白嵐笑道：「這樣才像我的朋友！來啊，跟你鬥最有趣了！」

「閉嘴！」

雪耶的三條長尾像龍一般狂掃過

去，緊緊纏住白嵐。

他將尾巴力道加劇，令白嵐不能動彈之後，仰著被鮮血染紅的半邊臉，用凍徹骨髓的聲音冷冷說道：「妖怪奉行所月夜王公，逮捕一眼魔獸白嵐！」

啊……一切終於可以了結了。白嵐彷彿得到解脫。

雪耶，不，月夜王公沒有殺了白嵐。他的判決是，將白嵐法力之源的眼睛拔除，再把他下放到人間。

從此以後，白嵐便在陌生的人間土地上流浪。他雖然看不見，卻沒有太大的不便。不如說，此後沒有人會再被他傷害，他竟然覺得滿足。

摘掉自己的眼睛，曾經是白嵐的心願，他也告訴過雪耶。

「那傢伙……一定還記得我說的話吧？他表面上是懲罰我，其實是在報答我？一定是的，他是有這種善心的啊！」白嵐這麼想著，心底感到一絲溫暖。

但是，隨之而來的失落也令他難受。「究竟還是……一個人啊！」

他知道，到頭來自己就是個孤獨的妖怪。他不可能遇見第二個能託付心靈的對象了。一個失去詛咒之眼的人，有誰會喜歡呢？從今以後，都不會再有那樣的人出現了。

就在他低落到谷底的時候，忽然感覺附近有奇妙的動靜。那是一陣強烈的穢氣，伴隨著孩子的哭聲。

白嵐生出好奇心，便朝聲音的方向走去。然後，他遇見一個人類的孩子。

那個孩子死命的纏住他，他只好把孩子抱起來。那時候，白嵐一點都沒想到，這孩子竟然……會變成他往後生命當中的至寶。

國家圖書館出版品預行編目（CIP）資料

妖怪托顧所.3, 妖怪們的春夏秋冬/廣嶋玲子作；
Minoru繪；林宜和譯. -- 初版. -- 新北市 ： 步步出
版 ： 遠足文化事業股份有限公司發行, 2022.06
面； 公分
ISBN 978-626-96038-8-6(平裝)

861.596　　111006700

1BCI0020

妖怪托顧所 ❸：妖怪們的春夏秋冬

作者｜廣嶋玲子
繪者｜ Minoru
譯者｜林宜和

步步出版
社長兼總編輯｜馮季眉
責任編輯｜徐子茹
美術設計｜蔚藍鯨

出版｜步步出版／遠足文化事業股份有限公司
發行｜遠足文化事業股份有限公司（讀書共和國出版集團）
地址｜ 231 新北市新店區民權路 108-2 號 9 樓
電話｜ (02)2218-1417　傳真｜ (02)8667-1065
客服信箱｜ service@bookrep.com.tw
網路書店｜ www.bookrep.com.tw
團體訂購請洽業務部｜ (02)2218-1417 分機 1124
法律顧問｜華洋法律事務所 蘇文生律師
印製｜通南彩色印刷有限公司
初版 1 刷｜ 2022 年 6 月　初版 9 刷｜ 2024 年 8 月
定價｜ 320 元
書號｜ 1BCI0020
ISBN ｜ 978-626-96038-8-6